一生有你

午 歌
作品

百花洲文艺出版社
BAIHUAZHOU LITERATURE AND ART PRESS

推荐语

　　作者以流畅的文笔描绘了一段上个世纪的青春故事，在阅读时，我常常有阅读日记般的错觉，因为它对我而言过于似曾相识，以至于总是跃跃欲试地对号入座。也许因为作者本人具备理工科背景，在描述时所具有的真实和准确得天独厚。回顾青春的意义或许就是回顾本身，感谢作者以真诚的态度为我们记录了一段别样青春。

——著名歌手 李健

　　一生，对于曾经年轻的我们来说，是梦想，对于现在的我们来说，是追逐，对于未来终将老去的我们来说，是回忆。

　　那么，"你"呢？

　　每个人的生命中，都注定会有那么一个"你"，或虚幻，或真实，或拥有，或失去，或短暂，或永远，无论怎样，都足以刻骨铭心。

　　当每一个"你"，出现在别人的故事里，都会让人忍不住去想：如果我是他，我会怎样？

　　其实，有"你"的一生，结局如何，只取决于自己，是甘为蝼蚁，还是，奋不顾身地，展翅高飞。

——著名歌手 缪杰

爱一个好姑娘，让她成为你的梦想

卢庚戌

每个人的一生都有一个"你"，这个"你"，给我们留下了刻骨铭心的一段感情，一段记忆，甚至改变了我们的人生。

20年前，我进大学的时候最想做的时就是追姑娘、谈恋爱。但是怎么追呢？本来清华的女生就少，男女比例7:1，并且都是各个省的状元、学霸，靠学习好这招不好使。我想起我初中的时候，如果你足球或篮球好，或者是跑步冠军，就特别容易受到女生的青睐。大学里社团多嘛，有写诗的，画画的，但还是校园歌手最受欢迎，看看我的学长高晓松就知道啦。我当即下决心要成为一名校园歌手，为了"追姑娘"，我从零基础开始练声音、学吉他、作词谱曲，很快我就成为了一名校园歌手。

大四的时候，新生入学那天，我看到了一个学妹，她白衣飘飘，双眼楚楚。我一下子喜欢上了她，立即展开追求。她喜欢校园民谣，像《同桌的你》《青春》等，我一直幻想着能写出那样的歌曲。毕业之后，我想做一名歌手，开始了七年的艰苦北漂生涯。此后，我在很长的一段时间都会想起那个女孩，直到有一天我忽然梦到她，惊醒后便提笔写下了前两句歌词："因为梦见你离开，我从哭泣中醒来。"《一生有你》是我个人创作的歌曲中最喜欢也是投入情感最多的一首歌，从最初的灵感萌发到歌曲的完满出炉，历时数年。歌曲一经推出，就得到了广泛传唱，我的音乐组合水木年华也受到了大江南北的欢迎。

随着《一生有你》的流行，我越来越想把这首歌背后的那个姑娘、那段爱情和执着追梦的故事，写成文字给大家阅读。我希望这个故事是质朴而深情的，闪耀着那个时代的光彩和清华理工男的特有风范。可我对自己的文字尚无十足把握，出于谨慎，没有匆匆动笔。而是转而期待能有一个人替我写出它。

好在机会终于来临。

有朋友向我推荐了午歌。我迅速找来他写的小说集，一读：味道果然对头！理工男的简洁、幽默、奇思妙想，纯净而旺盛的荷尔蒙之下，却深藏着岁月情深的底子。我迅速找人联系了他，我说："我们见一面吧，我想讲个故事给你听。"电话那头的午歌兴奋而腼腆，保持着刻意的镇定，却不忘用颤抖的声音说："来前儿机票能报销不？"这股子实诚的楞劲儿，正是我想要的。

我和午歌一见如故，相聊甚欢。后来我才知道，他是一家研究院的机械工程师，大学时因为喜欢一个女孩，毅然走上了文学之路。因为爱情而开启梦想之旅，这和《一生有你》的故事有着天然的契合。我在心里对自己说：对，就是他！

《一生有你》这本小说既是一个普通大学生的青春记忆，又是那个时期像高晓松、老狼、我和李健、缪杰等等一代校园民谣歌手的集体缩影；既是一个干净、深情的青春爱情故事，也是一段闪耀着励志光芒的追梦故事。这部小说由午歌构思执笔、自由发挥，展现了他独特的书写才华。同时，《一生有你》的同名电影已经启动，我将组织阵容强大的制作团队，集结一线的优秀演员，并亲自担任这部电影的导演。电影将融合更多的故事元素和人物形象，以更生动的细节，更丰富的光影手段，为大家呈现这段精彩的故事。

如今，《一生有你》这首歌曲已经成为一代人的宝贵回忆。那些扎根在我们记忆深处的青春往事，终将随着时间的推移，逐渐模糊消逝。可是，记忆的时空隧道里，总会盘踞着一些永不妥协的"钉子户"，他们可能是一位好看的姑娘，某个闪闪发亮的下午或者只是一段简单的旋律。无论过了多久，当那段简单却熟悉的旋律响起，从前的花香、那时的月光、鸟鸣的声音和女孩们甜美的笑靥，会在瞬间复苏，整个青春期的怦然心动扑面袭来。我很欣慰，《一生有你》能成为很多人唤回青春记忆的流金旋律，我希望读者能从这本小说中读出爱情与梦想，读懂人生路上的曲折与执着。

先哲说："每一个不曾起舞的日子，都是对生命的辜负。"朋友们，让我们伴着这熟悉的旋律，迈开舞步，青春是无悔的，是充满光华的，是勇往直前的。愿每个读者都能遇到那个足以改变自己一生的"你"，就像午歌在书中所写的那样：

去爱一个好姑娘吧，让她成为你的梦想！

你生而有翼，为何愿一生匍匐前进，形如蝼蚁？

——贾拉尔·阿德丁·鲁米

8月，台风在泰国奥兰海滩登陆，我刚刚在这里完成了自己最新的小说集，计划从甲米机场搭乘航班返回北京。彼时，天空幽暗而沉郁，像一枚硕大的皮蛋似的，包裹着浓汤般的暴雨，黑黢黢地向小镇猛压过来。

　　候机大厅里的乘客越来越多，航班已经延误了5个小时，我看到有个华人模样的清瘦男子拉着一个黑色的拉杆箱，举着一杯咖啡径直走过来，在我对面的椅子上坐定。从棒球帽里挤出的长发将他的面庞映衬得更加白皙，唇角轻扬起的微笑，让我觉得好像在什么地方见到过他。

　　"你好，你、你是从水木大学毕业后去做歌手的欧洋吗？哇！"我难掩心头惊喜，几乎跳着站了起来。

　　"你好。"

　　欧洋向我微微点头示意，我索性拉着行李箱，挨着他的座位旁边坐了下来。

　　真没想到在这样的异国海滩也能遇到国内的知名音乐人，我热络地伸出手，却又有些难为情地僵在半空。"您好，真是太意外啦！"——欧洋大方地握住了我的手，示意我不要大声说话。我的脸颊迅速红热起来，幸好手机在这时响起，才化解了我的尴尬。

　　电话是阿沉从北京打来的，不出所料，她又在催问我何时能起飞，何时能到北京,要不要赶来机场接我。窗外,大雨瓢泼,我有点没好气,讲了几句,匆匆挂断了电话。

"是我女朋友。"我略带尴尬地说。

"哦。"

"我把自己关在这里写东西,两个多月没见面啦。"

"分开这么久,她一定急着想见到你。"

"哎。"我装作漫不经心地叹了口气,心中升起一阵失落。"下这么大的雨,谁知道啥时候能起飞?她急也没有用啊。"

"或许你该再安慰她几句。"

"嗨!欧洋,我一直特喜欢你的那首《一生有你》,真的,我猜你一定是写给一个姑娘的吧?"我故意岔开了话题。

"嗯。"欧洋轻声叹道。

"可以跟我说说这个故事吗?"

"这……"

"这或许能教我学学和女孩子的相处之道呢。"我不依不饶地补充:"你看,这么大的甲米机场,咱俩能凑在一起真是缘分。这种大雨瓢泼的天气,最适合回忆青春了。"

欧洋若有所思地望向窗外,旋即转过头,深深地呷了一口手中的咖啡,他的眼神精光内敛,眨睫之中,眼波宛转欲出。

"每一个人的人生都会有这样一个人,给我们留下了刻骨铭心的一段感情,一段记忆,甚至改变了我们的人生。我见到她的那一天,是我大四开学那年的秋天。"

1

如果说高考是压在每个学生身上的五行山，那么一张录取通知书，就像是佛祖贴在山顶的黄纸条子——这条子一到手，五行山就再也压不住孙大圣了，该翻身翻身，该打滚打滚！

欧洋把这张录取通知书递到在中学做老师的父亲欧建国手中，通知书上赫然印着 "水木大学建筑系"几个大字——"水木大学"，全国最好的理工科大学。欧洋惊奇地发现，这四个字像施了法力一般，让一向严肃的父亲迅速笑开了花，那些横的、竖的、旁逸的皱纹，藤蔓似的缠绕在笑容的周围，煞是好看。

"我可是咱们市的理科状元！"欧洋推了推鼻梁上的眼镜架，拍拍胸脯说。

"状元咋的？老子还是状元他爹呢！嘿嘿嘿！"父亲用大巴掌把他单薄的肩膀拍打得生疼。

隔天后父亲在自家大院里摆酒宴请邻居，当着几桌人的面，头一回大张旗鼓地表扬了欧洋："那啥，这孩子就这点好，随我——脑子活络！"

欧洋的脸上极配合地挂着谦和的微笑，任凭父亲粗糙的大手在他的短发上一阵乱摸，末了他溜出家门，冲向村后的麦子地。收获的季节刚刚过去，田陇上的麦秸垛堆得像小山包似的，欧洋熟练地爬上麦秸垛，将身子仰面砸下去，旋即又被弹了上来，轻盈得像从大朵流云里腾空的云雀。

从小到大，欧洋一直成绩优异，读书对他来说从来不是一件费劲的事，高中时代，他不但成绩优异，拿过全省数学、化学、物理各种奥林匹克比赛的大奖，还展露了过人的绘画天赋，绘画作品还上过市里的报纸。可惜他一直生活在老爸严酷的管教之下，大气儿不敢多喘一口，大话不敢多说一句。虽然整日享受着男女同学倾慕的目光，可看到漂亮的女同学，就像做了好事的雷锋同志一样，从来不敢大胆声张，只能默默地记在日记本上。

现在可好啦，通知书一来，他很快要到北京去，要到美丽的水木大学去读书，那里一定扎堆着很多好看、有趣、热辣的姑娘。那些姑娘们头戴花环，穿着俄罗斯电影里花花碎碎的布拉吉，手拉手载歌载舞，大阳光从高中课本里看到的天安门门楼子后面照过来，给姑娘们扎上了金灿灿的辫子。想到这里，欧洋忽然觉得自己被秸秆刺得浑身直痒痒，他一个骨碌从麦秸垛上翻了下来，用手轻轻抚触过被镰刀收割过的麦田，精细的秸秆像他的短发似的茂密而倔强地扎根在大地上。

欧洋情不自禁地哼唱起一首从电台里听来的歌曲：

"我曾经问个不休，你何时跟我走——"

2

大学是什么？

如果之前有人这样问，欧洋一定踌躇满志地说，大学啊像大海啊：海纳百川，博大精深。用牛顿同学的话来讲，我们只不过是海边捡贝壳的小孩。来到水木大学之后，如果你再问欧洋，他一定低调谦虚地告诉你——还是像大海，不过你不跳进去扑腾几下，呛几口水喝，还以为大学是你们村口的那小河沟子呢！

1993 年，初入水木大学的欧洋便领教了两堂血淋淋的人生课，他深刻感觉到这所全国理工科排名第一的大学里水太深，浪太大！

其一是：学霸不算啥，在这里的人都是霸中霸、巨无霸、霸上霸，别说他是一个东北小城的理科状元，你在食堂门口随便拉住个吃韭菜盒子的人打听一下，说不定都是市状元，省状元。就拿他宿舍的王小川来说——虽然王小川个头很矮，其貌不扬，却是珠江三角洲的理科状元。据说，当年邓小平爷爷南巡讲话，说"科技要从娃娃抓起"时，摸的就是他的脑袋。还有记者在现场拍过照片，刊登在报纸上。当然这还不算啥，有的哥们不但成绩好，还很有城府，待人接物非常干练，人又生得高大威猛、风度翩翩，还特别多才多艺，吹拉弹唱样样拿手，完全不学究，热爱打篮球，人还贼幽默，父母是高干，完全没架子，要是摊上事儿，还特别有原则，讲义气，顾大局。真是货比货得扔，人比人得扔好几里地。学长甚至教育欧洋说，在水木大学，人和人之间的差距，比人和猪都大。

其二是：水木大学的姑娘们和他当年在麦秸垛上的想象完全的不一样，男女生比例竟然高达残酷的 7:1。这就意味着一个女生至少有 7 个男生来围追堵截——在水木大学，男生给女生指路，一定会说："哎，我凑巧也到那儿。"然后很绅士地把女生送到目的地；帮女生打水、打饭、占座，常常是一帮一宿舍，一帮一学期；有的食堂根本一个女生都没有，偶尔来个女生，所有男生都放下筷子，大眼不眨一下地盯着姑娘，跟看升国旗似的。

学长还曾经告诫过欧洋，在水木大学，你可以不优秀，可以没特长，但是你一定得认识这里的姑娘，一定得谈场恋爱。因为谈过恋爱才能称得上是上大学，不谈恋爱那叫被大学上。

学校的女生宿舍被称作熊猫馆。熊猫馆不远处便是女生浴室，浴室大门外面有一排长凳，每天都挤满了假装读英语、写论文、思考人生哲理的男生们。大一、大二的时候，欧洋也被同宿舍的孟一飞和马驰拉着来女生浴室蹲过几回点。欧洋觉得那些从熊猫馆里走出来，甩着亮晶晶长发的姑娘们，鲜艳、挺拔、白净得直耀眼，和他家乡黑土地里刨出来的大白萝卜一样美好可人。姑娘们远远地笑起来，那声音钻进他的耳管里上下弹跳，也让他的口中，有一种在田头啃大萝卜般的生脆，唇齿萦香。

有一回，欧洋跟室友们坐在长凳上，心中暗想：

"想当年我也是鹤立鸡群的好学生，家长爱，老师疼，女生追，男生恨，来到水木大学却不灵了，就跟仙鹤扎到鸵鸟堆了似的，连丁点儿鹤顶红都看不到了。"

这时，旁边的马驰说："我以后毕业了要挣很多的钱，有了钱，就有姑娘来倒追我啦！"

孟一飞伸出长胳膊，绕过欧洋的后背抚摸着马驰的脑袋，阴阳怪气地说："就靠画图纸，你做梦呗！"

欧洋问："怎样才能让女生注意到咱们啊？"

孟一飞说："听说咱们学长里出了一位民谣歌手，老多姑娘追啦，我觉得还是得去学琴，这吉他简直就是泡妞战场上的机关枪啊！"

欧洋反问："学吉他？"

"吉他一出，姑娘全扑！"孟一飞挥舞着长胳膊，来了个倚天亮剑式。

"我觉得还是得挣钱。"马驰咽了一大口口水，一本正经地说："哎，你们俩快说说，这以后我要是挣了一个亿，这么大一笔钱我该怎么花啊？"

孟一飞和欧洋齐刷刷站了起来。

马驰白了他俩一眼："干啥呀？"

"走，回宿舍，吃药！"孟一飞和欧洋异口同声。

3

　　在学霸如云的水木大学，欧洋再也找不到当初在高中时期的自信和锋芒，取而代之的是乏味和迷茫，从大一到大三，他的成绩抛物线式缓慢下降，他没参加过任何社团，也很少参与集体活动，没有遇到过喜欢的女孩子，也没有姑娘找他表白心声。他晃晃悠悠、随波逐流地活着，就像风中的一枚塑料袋。为数不多的朋友，全是宿舍里整日厮混在一起的几个兄弟。

　　说起欧洋宿舍的几个兄弟，真是八仙过海，各具神通，当然，确切地说，是各具神经病。

　　老大郝彬是宿舍长，也是班长，长相老成持重，新生入学的时候总是被误认为是辅导员，大四毕业前去参加面试，面试结束后，对方企业副总握着他的手说：比起前面几位同学，您看上去更像是来收购我们的。郝彬每天读书超级勤快，好像打了鸡血，衣着干净没有丝毫褶皱，近乎洁癖。身为建筑系的高材生，却非常痴迷英国文学，枕头旁经常堆着华兹华斯、柯勒律治、骚赛的诗集，一边整理床单，一边还能夸张地背诵《哈罗德游记》《曼弗雷德》《该隐》中的名句。郝彬除了热爱英国诗歌之外，对英国情色文学也颇有研究，常常在熄灯后的深夜猫在被窝里，打着手电读读《查泰莱夫人的情人》和《道连·格雷的画像》。虽然郝彬看起来虽然不太像伪君子，但总让人觉得正直得有点可疑。直到有一天，丫在倒举着一本《欧洲文学史》阅读时，居然笑出了声，孟一飞冲过去，将他按在床上，剥下书皮，郝彬和书皮后面的一本《肉蒲团》一起被捉奸在床，班长郝彬从此在宿舍内彻底斯文扫地。

孟一飞，北京土著，嘴里疑似灌了高端润滑油，舌头性能澎湃，超级能说，常常把姑娘们的名字挂在嘴上。不过他的花心也就停留在那好使的嘴皮子上，建筑系、机械系、自动化系、计算机系的女生们，挨个被他喜欢了个遍，竟然没有勇气跟任何一个女生表白。孟一飞手上有一本他老乡给他的手抄本《泡妞秘籍》，一直被他奉为"恋爱神书"，常常躲在学校的树林子里研究体悟，依计演练。据"宝典"上说，好看的姑娘都喜欢拍照片，他就省吃俭用攒钱买了一部二手相机，天天揣在书包里，遇到喜欢的姑娘，就躲在五十米开外"咔嚓"几张，要是被姑娘发现了，他就像受惊的兔子似的，蹿进就近花丛中，再不敢出来。

孟一飞的枕头边上贴着一张酒井法子的海报，每晚睡前他都仰在枕头上，双手合十，含情脉脉地向酒井法子祈祷一番。有一回欧洋忍不住问他，你每天絮絮叨叨跟海报在说什么？孟一飞信誓旦旦："求偶像保佑我，总有一天，我要把我喜欢的姑娘的照片，贴在我家里的每一个角落，这是我人生的终极梦想！"

众人哈哈大笑起来，只有马驰一本正经："我的梦想就是多赚点钱，哎，一想到自己将来能赚到一个多亿，就觉得活着可带劲啦！"他话音刚落，大家便异口同声地说："你丫闭嘴，快听你的鬼故事吧！"马驰有两个特别爱好，一是喜欢半夜听鬼故事，戴着耳机，蜷在被子里，想上厕所了也憋着不敢去，越听越害怕，最后抽抽成一个肉蛋，越抽抽越想尿，哆哆嗦嗦跟个骰子似的。只有看到其他兄弟推门去厕所时，才"咣当"一声从上铺砸下来，双腿加紧倒腾，脚步细碎，嘴上还不住地嚷嚷着："慢点，慢点，等等我！"

　　另外一个爱好居然是风马牛不相及的"哲学"，马驰有一套自己的独门哲学体系，逢人就介绍他的"马哲"——当其他同学刚刚接触柏拉图的时候，他已经在高谈阔论亚里士多德和伊壁鸠鲁啦，当别人还在议论《圣经》故事的真假时，他已经熟练地运用笛卡尔和托马斯·阿奎那的理论体系来证明"上帝的存在"啦。总之，他在哲学上永远高人一等，快人一步，犹如他在撒尿这事上永远跟风，永远慢人一拍——用马驰自己的话来讲，这他妈也是哲学，这叫做阴阳平衡。

　　年纪最小的王小川是宿舍里的活宝，也是水木大学的江湖百晓生。不但各路消息灵通，而且脑子特别快，嘴巴特别甜，见男的就叫哥，是女的都喊姐，连路过一楼传达室时，都不忘向窗户里问候一声："二大爷！"由于当年被总设计师摸过天灵盖，日后人见人爱，花见花开也在情理之中，王小川有句口头禅就挂在嘴边——"我妈一米七五，我爸一米八五啊，我属于我爸我妈走火儿生出来的，我的下一代没有问题哈！"但凡哪个系的女生恋爱问题上有个风吹草动，一准是王小川最先收到消息。可惜转眼就要上大四，虽然王小川是全系所有姐姐们的小跟班，可一旦姐姐们有了男朋友，他就立马变成了惹人嫌的电灯泡。因此，在王小川的爱情故事里，他和每个姑娘的开场白都是 "姐姐好！"最后的问候，也常常整齐划一地汇成一句："你奶奶的！"

　　整个宿舍，除了班长郝彬在另一所高校里有女朋友，其他几个兄弟都是带发修行的"棍僧"。好吧，让我们现在紧随时光指针，跳转到大四开学第一天，那天的卧谈会上，众人就意识到了这个严峻的问题。

马驰说："这好姑娘就跟带鱼似的，跟着'洋流'来回走，这茬赶不上啦，咱们得赶着点向下一茬下手。"

孟一飞说："什么是洋流？"

欧洋抢着说："你是说新生吧？"

马驰说："没错，新生们就是咱们新的洋流！"

王小川一骨碌从床上爬起来："哎哎，据可靠消息，这届迎新生的活动，落在咱们系啦，各位哥哥们赶快操练起来吧！"

欧洋说："新生啥时候报道啊？这几天我得把钱省出来，买瓶摩斯精神精神！"

孟一飞说："估计这周末吧，我备着两卷新胶卷呢！"

王小川窜到正襟危坐的郝彬身边："大哥，大哥，你倒是给点意见啊？"

"切，俗人！"郝彬白了大伙一眼，继续大声读他手上的诗集：

"浅水是喧哗的，深水是沉默的。疲倦的风啊，你漂流天空，像是被世界驱逐的客人。"

众人散去，各自躺在床上抱着枕头发出一阵鬼哭狼嚎般的嗷叫。欧洋枕着双手望向夜空，一轮圆月划入中天，闪亮得像一枚巨大的照妖镜。

4

爱因斯坦的《相对论》告诉我们：和一个美丽的姑娘坐上两个小时，你会感到好像坐了一分钟；但要是夏天待在炽热的火炉边，哪怕只坐上一分钟，你却感到好像是坐了两小时。可见要让时光慢下来，没必要像传说中那样要跑赢光速，有姑娘在就足够了。

欧洋整个宿舍的兄弟们正直面这样的问题：因为姑娘们还没到，所以每天的日子慢得出奇。好在大家各自行动，谁也没有闲下来。王小川每天都会打探来各路消息，诸如新生报到的集合地点、具体线路，又或者哪个系里这次的女生最多。马驰把大段的哲学语录抄在小本子上，迫不及待地准备在学妹面前一展他的才华。孟一飞特意准备了两卷新胶卷，没事就仰在床头，把他相机的镜头擦得贼亮。欧洋咬咬牙，跑到学校外理发店，花了老一鼻子钱，剪了一个超时髦的"富城"头。剪完后，他对着镜子猛甩了几下，凌厉的刘海上下纷飞，像一只欢快的小燕子。全宿舍只有老大郝彬岿然不动，每天一到时间，便打电话给京北大学的女朋友，精准得像个闹钟。

好在佳期如约而至，新生报道的前一晚王小川打探来确切的消息："嘿嘿嘿！咱们系主任老王负责整个接新生活动，明天一早去老王那儿领了新短袖衫就能去领姑娘啦！"王小川无比开心地说完，声音跟抹了蜜糖似的，甜中带腻！

"老王？！"孟一飞拍拍脑袋叫了起来："丫的，怎么会是老王？"

欧洋心中也暗自一惊，迅速和孟一飞交换了眼神，想起几天前孟一飞在篮球场上跟人家斗气，被几个外系的同学围攻起来。欧洋气不过，立刻冲过去帮孟一飞出头。双方推推搡搡之间，建筑系的老王骑着自行车恰巧经过，见势握紧了刹车，将自行车摔出几米远，直冲进来拉架。当时人多手杂，双方都在气头上，混乱的打斗中，孟一飞不小心拽掉了老王头上的倔强假发，欧洋一记重拳砸过老王的鼻梁，两筒血鼻涕顿时飘洒在半空。

同学们见状，吓得魂飞魄散，哪里还顾得上打架，顿时鸡飞狗跳，各自逃窜。欧洋虽然吓坏了，情急之中，还是将一只手盖在脸上，一只手掏出自己的手绢，递到老王手上。孟一飞和欧洋生怕老王记住自己，一边用手紧紧捂住自己的脸颊，一边鞠躬逃窜，头也不回地冲向了球场小树林。

欧洋已深陷入回忆的恐慌之中，老王歇斯底里的嚎叫似乎还回荡在耳边："小子，别装蒜，我知道你们俩哪班的！"

宿舍里，孟一飞走到欧洋面前，将一只大手搭在欧洋肩膀上，深沉地说："欧洋，别怕，为了姑娘，刀山火海咱们也要走一趟！"

欧洋点点头，高举右拳喊："跟丫拼啦！"

5

"我的未来不是梦,我认真地过每一分钟……"

清晨,水木大学的大喇叭里传来张雨生嘹亮的歌声,一向赖床的哥几个迅速爬了起来,各自洗漱。欧洋挤过正对着镜子涂抹郁美净的王小川说:"嘿嘿嘿,别臭美了,给我照几下!"

王小川抹了整脸的郁美净,像糊了一层厚厚的面膜,黑眼珠在面膜里上下翻动:"不弄得香一点,怎么招姐姐们待见呢?"

欧洋不理会王小川,向宿舍里唯一的一面镜片前挤了挤,心中暗骂:

"完了,花大价钱剪的新发型,竟然一夜之间塌陷了!"前一夜还花枝乱颤的发梢,今儿一早却像烧得焦糊的面饼似的,贴在了脑门上。

孟一飞一边给相机装胶卷,一边建议欧洋说:"去买瓶发胶吧,喷在脑袋顶上,头发立马能支楞起来,保管姑娘们看到你嗷嗷直叫!"

欧洋转身冲出宿舍,跨上单车,直奔熊猫馆外的小卖部。清晨的微风拂掠过他的脸颊和手臂上的绒毛,让他觉得十分畅快。张雨生的歌还响彻耳畔,欧洋猛蹬着自行车,在一家刚刚开张的小店前,他猛握刹车,"吱"来了一记华丽的甩尾。

"大爷,来瓶发胶!"

"哎呦，昨天刚刚卖完了，小伙子！"

"我的妈呀，这怎么办啊，我今儿赶着要做大事呢？"

"我这儿的样品里，还有个瓶底儿，送给你用用吧！"

"成嘞大爷，谢谢您！"

这时候，明晃晃的阳光已从大地上生长起来，欧洋从眯着的眼睛缝里看到两个高挑的姑娘，说说笑笑地从阳光深处向自己走来。他下意识地甩了几下额前软塌塌的刘海，挥起一只手，潇洒地说："大爷，您把那瓶发胶扔给我吧！"

姑娘们越走越近，欧洋顺势又甩了甩"富城头"，彼时一罐蓝瓶发胶迎面飞来，欧洋躲闪不及，正砸在鼻梁上——"嗷"——他捂住脸颊一声惨叫。

"哈哈哈！"两个姑娘笑得前仰后合，从他身边走过去了。

欧洋捡起发胶瓶，竟也欣慰地大笑起来："想我欧洋来水木大学修行多年，今天第一次有姑娘主动对我笑起来，这真是个好兆头哇！"

"吱"—— 欧洋对着自己的脑袋一阵猛喷，将十根指头弯成鸡爪子，在头顶一阵挠抓。末了，将瓶子递还给大爷，连连答谢。

"精神多啦！"大爷说。

由于在小店里耽误了点时间，欧洋不得不猛踩着自行车冲回宿舍。迎面而来的风把他刚刚定型的头发掀得老高，触电似的耸立如一座小山包，以至于赶回宿舍时，王小川看到他第一眼便大叫起来："哥，你爬人家电线杆子啦？！"

6

宿舍的兄弟们已然整装待发。众人捂着鼻子走成一排，唯独王小川蹦蹦跳跳冲在队伍最前面，香得像个打碎了的香水瓶子。

众人直奔学校门口迎新生接待处。王小川前日打探来的消息果然准确，建筑系的老王端坐在一叠志愿者白 T 恤旁边，悠闲地翘着二郎腿晒太阳。有同学过来领 T 恤，他只是简单问几句，登记在本子上，便把 T 恤分给他们。领了 T 恤的同学兴冲冲跳上校车，直奔火车站，或者帮着刚刚下车的学弟学妹们收拾行李。

欧洋看得手心直痒痒，却不敢走过去问老王要 T 恤。孟一飞一咬牙说："奶奶的，不入虎穴，焉得虎子，哥们儿今儿拼了！"

孟一飞拽着欧洋，低着头走向新生接待处。

"老师，我，我，我要做志愿者！"

"哪个专业的，大几的？"

"大四，建建建筑系的。"一向口齿伶俐的孟一飞忽然结巴起来。

"等一下！"老王忽然站起来，对低着头的孟一飞和欧洋仔细打量起来。

欧洋心中砰砰直跳，脸颊烫得像个燃烧弹。要不是兄弟们都在场，估计他这会儿早就麻溜地撤了。

"把手张开我看看？"老王话锋一转。

欧洋心中一喜："原来是担心我们没洗手，不卫生啊，你大爷的，早说啊！"

"把手放脸上我看看。"老王厉声说。

欧洋正在纳闷，只见老王已经朝孟一飞的屁股上飞起一脚——"我叫你们打架！还想去接新生，没门儿，烧成灰我也认得你们！"

欧洋吓得后撤了几步，马驰和王小川趁机窜了上来，王小川笑嘻嘻地说："老师，老师，我们乖，给我们一件穿穿呗？"

"你们都甭想啦！"

"为什么？"欧洋反问。

"你看看你们几个！"老王一边说着，一边伸手一一点过众人："有打架的，有穿奇装异服的，还有香得跟个妖精似的，哪有一点学长的样子嘛！"

老王越说越来了精神，正了正头顶的假发，对着一排来参加迎新的同学们，声腔扭捏地说："今天，同学们代表着水木大学的形象，新生和家长们到学校的第一印象就源自大家，一定要拿出咱们水木大学的精气神来！"

孟一飞正准备跳出来和老王理论，却被欧洋拉住。欧洋对老王说："你这是公报私仇！我们走！"

孟一飞心想："欧洋真是脸皮太薄，要是跟老王磨一会儿，兴许他能松口呢！"可欧洋紧紧拽住他，他也只得和众人一起无精打采地离开。

推开宿舍门，大家正看见马驰剥光了上衣，跟一条带鱼似的，正往迎新生的志愿者 T 恤里面钻。

"哎妈呀，哥哥，你啥时候顺了一条啊？"王小川说。

"小子，你丫可够鸡贼的哈！"孟一飞说。

可这件 T 恤明显是偷得小了，马驰勉强套进去，肚脐眼却从衣襟下挤了出来。

马驰清了清嗓子说："呃——古希腊思想家说过，只有蔫坏的人，才有资格搞哲学！"

"别扯啦！快点脱下来，我有大用场！"欧洋斩钉截铁地说。

7

欧洋把宿舍里一张木桌上的茶缸、酒杯、饭盒和烟灰缸迅速清空，众人将马驰身上的那件小 T 恤扒拉下来，平铺在床上。欧洋翻出自己的一件白色 T 恤平铺在木桌上，又对着床上的那件迎新生 T 恤用圆规做了仔细的测量与标定，然后拿出水彩笔，一点点地给白 T 恤涂上颜色。众人将 T 恤衫抻平，屏气凝神地注视着欧洋。

"这，这能成吗？"马驰抱着胸，喃喃地问。

欧洋没有吱声，屏气凝神忙着绘图、上色。不一会儿，水木大学的校徽便在他的笔下显现出来。最后，欧洋换了一支细巧的毛笔，在校徽下面轻轻写下"迎新生"三个小字，众人纷纷把嘴凑过去，对着墨迹猛吹了一阵——一件足以以假乱真的迎新生 T 恤就这样顺利诞生了。

"啧啧啧！像，哥你画得真像啊！"王小川点头连连称赞。

"欧洋，真有你的！"孟一飞竖起大拇指，眼中满是敬服的神采。

"哥，我只有一件纯蓝色的 T 恤，你看中不？"王小川挤过来说。

"我只找到一件黄的。"孟一飞说。

不大工夫，三件迎新 T 恤便被加工完成。王小川从隔壁宿舍借了个吹风机，对着衣架上的 T 恤一阵猛吹，欧洋看看表说："快点，来不及啦，再晚了，女同胞们都要名花有主了！"

孟一飞急忙套上自己的淡黄色迎新 T 恤。

"奶奶的，还没干透！"孟一飞撩开领口，向下张望，发现蓝色的颜料透过布料浸湿在他粉红色的乳头上，像抹了一层蓝莓酱似的，煞是性感。

众人沿楼梯鱼贯而下，正撞见宿管科的大爷，大爷比出大拇指说："小哥几个，今天很精神啊！"他们径直冲向前广场，这里拖着行李的新生已经越来越多，一轮骄阳爬上中天，空气炙热难耐。

"大家分头行动吧，广泛撒网，全面收获！"欧洋比划着双手。

孟一飞一边拖着胸前颜料未干的 T 恤上下忽闪，一边四下张望，准备伺机而进。马驰和王小川深入人群腹地，正欲寻找自己的目标，忽然听到有人问：

"大哥哥，新生报到处怎么走啊？"

王小川听那声音娇羞悦耳，心中大喜，嘴巴咧得跟秋后的石榴似的，恨不得挤出满口白牙籽——可回头看到这个女孩的第一眼，他瞬间就改变了主意。

"你，你问他吧！"王小川挥着手臂对眼前这个健硕的胖妞说。

"那边，那边！"马驰赶忙把掏出一半的小红本重新塞回口袋。咽了口口水，斜着眼睛示意女孩说："那边，你去那边问问吧。"

走了好一阵，看着那些高高低低、胖胖瘦瘦的女生，孟一飞完全打不起精神来，正遇上坐在树下低头擦汗的欧洋，孟一飞凑了过去，叹着气说：

"咱们水木大学这女生的质量，真是一茬不如一茬，我要彻底绝望了。"

"在绝望中寻找希望，人生终将走向辉煌！"

欧洋话音刚落，孟一飞便听到一个甜糯悦耳的声音在耳边响起："嗨，同学，新被褥在哪儿领啊？"

孟一飞心中一惊，猛然抬起头，却看到一个打扮得极为妖艳的男生，不禁怒道：

"不知道！"

欧洋和孟一飞正聊着，马驰和王小川捧着几瓶"北冰洋"汽水，无精打采地从人群中走了过来。大家各自沉默不语，低头把吸管嘬得"呜啦"直响。

忽然，孟一飞猛地捅了捅欧洋："嘿！看那边。"

欧洋、王小川、马驰顺着孟一飞手指的方向望去，只见一个身材高挑的长发女孩，穿着一袭白裙，斜挎着一只靛蓝色的帆布包，正缓缓从同学中走过。北京的初秋，天空蓝澈得仿佛刚刚进行过格式化，欧洋坐在路边树荫下眺向远方，只见那姑娘脚步轻盈，像一枚滑入蓝色海水的冰块，在阳光下闪闪发亮。

马驰看得痴迷，竟将递给欧洋的汽水瓶翻倒下来，直倒了欧洋半身汽水。

孟一飞急忙起身，喊："《泡妞秘籍》第一条上说，追姑娘拼的是速度，手快有，手慢无！"

孟一飞话音刚落，王小川、马驰便立即起身，一起朝女孩飞奔过去。只有欧洋一人紧握着汽水瓶，傻傻地站在原地。

"姐姐你好，我来帮你拿行李吧！"跑在最前面的王小川笑得五官拧巴在一起，像一棵卷心菜似的。

"学妹你好！我，我，我是马驰，你，你还没报到吧，我带你去！"马驰用一只手掩护着自己裸露在外面的肚脐眼，脸蛋儿涨得好像紫茄子。

"谢谢，谢谢，我自己可以的，你们……"这个面容清秀的女孩显然被如此热络的师兄们吓坏了，白皙的脸蛋上泛起了红晕。

"应该的，给我吧！"孟一飞死死握着女孩的挎包，腰板挺直，像一枚倔强的萝卜。

三人像三种各具风情的蔬菜似的，将白衣女孩围在中间，大献殷勤，争执不下。

欧洋终于举着半瓶汽水，傻傻地朝他们走过来，女孩忽然转向欧洋，亲切地朝他挥舞起了手臂。

"我？"

欧洋疑惑地用手指了指自己，推了推鼻梁上的镜架，心头却掠过一丝得意，加快脚步走了过去。就在他酝酿着该如何绅士地开场，用第一个眼神就播种下爱的种子时，只觉得背后一阵凉风，一个高大的身影，从他身边直插上去。

"实在不好意思，方瑶，刚刚社团在开会，我来晚啦！"
"董晨学长，谢谢你啊！"
欧洋、孟一飞、马驰、王小川顿时傻眼，直挺挺愣在原地，不知所措。

"你的衣服？"方瑶伸出手，指了指欧洋的胸前。

欧洋低头一看，刚刚洒在身上的汽水和T恤上的颜料混成一团，衣服上的校徽早已模糊不堪，颜料从胸前缓缓流下。人世间有些情感注定神妙：就在前一秒，欧洋还在为方瑶的呼喊飘飘然正欲腾空，而在后一秒，被她的手指轻轻一戳，就像是个泄了气的皮球似的，麻溜地扎进了茫茫人海。

"欧洋——欧洋——"众人大叫着这个名字，顿时作鸟兽散，只留下几声呼唤，回荡在北京蓝澈的秋天。

8

"走，我带你去熊猫馆！"

"熊猫馆？"

"嗯，在水木大学，女生都是国家一级保护动物。"

"哈哈！"

"学校的男生把女生宿舍都称为熊猫馆。在这里，你们得习惯被宠着，被惯着，被溺爱着。"

"哈哈，这么被优待，真是太棒啦！"

董晨挎着方瑶的帆布包，和方瑶一起走进一片银杏林，大片的树叶还绿着，间或有些已生出金色的晕边，被秋风一吹，像千万只蝴蝶搅动翅膀，在枝头沙沙作响。一路上有很多人热络地向董晨打招呼，董晨一边回应，一边大方地向同学们介绍方瑶，他走路时有意和方瑶贴得很近，这让方瑶多少感到有些羞涩。

"这就是你的熊猫馆啦，3楼，301，手续我已经替你办好啦，我送你上去！"

"谢谢董晨师兄，你太有心啦，社团那么忙，你还是早点回吧。"

董晨下意识地撸起袖子，在方瑶面前露出一枚银光熠熠的手表，他定睛看了看说：

"没事，时间来得及，为了你，再忙也值得。"

宿舍里，已经有两个女孩先报到了。看到董晨和方瑶上来，急忙放下手中正收拾的行李。

"我是董晨，经济管理专业的，是咱们学校社团联合会的团长，这位是方瑶。"董晨郑重地介绍。

"嗨，师兄好，我，我叫黄金凤，山东聊城人，方、方瑶你也好！"一个齐刘海、眼镜厚如酒瓶底似的胖女孩，操着一口浓郁的山东话，结结巴巴地说。

"方瑶，你男朋友很帅啊！"一个短发大眼睛的女孩从上铺一跃而下，挺立在方瑶面前。

方瑶刚欲开口争辩，董晨却抢在方瑶面前掏出一张白纸，写下一串号码，说：

"这是我宿舍的电话，在学校遇到任何事都可以打我电话。"

说罢，董晨友好地望了望三个女孩：

"我有事先走啦，姑娘们，水木大学欢迎你们！"

短发女孩见董晨离开，转向方瑶："你好，我叫张蕾，来自青海大草原，你叫我蕾蕾好啦，你男朋友真够帅的哈！"

方瑶急忙分辩说："他不是我男朋友，只是之前在学校面试的时候认识的学长。"

"哎呦，他看你的眼神好热辣啊。"蕾蕾补充说："就算现在不是，以后恐怕也要穷追不舍啦！"

"真好啊，一开学就有师兄来保驾护航。"黄金凤说。

"我感觉这一路上的师兄们都特热情。"蕾蕾插话。

"听董晨师兄讲，在水木大学，男生都把女生叫大熊猫，把女生宿舍叫熊猫馆。"方瑶说。

蕾蕾听罢，从书包里抓了两把橘色的沙棘果，分给方瑶和黄金凤，笑道："来吧，熊猫同胞们，尝尝我们家乡的特产，准备好在水木大学茁壮成长吧！"

方瑶觉得眼前这位短发姑娘讲起话来飒爽极了，于是轻轻取下一粒沙棘放在口中，一股浓郁的酸甜味儿直抵味蕾。

"方瑶，你太斯文了，要多吃几粒才有青春的味道。"蕾蕾说。

黄金凤听罢，快速撸下一小把沙棘，一齐倒入口中，顿时被酸得眼泪直流。

"怎么样？这酸爽才是青春的味道吧？"蕾蕾说罢，哈哈大笑起来。

9

黄昏时分，王小川气喘吁吁地冲进宿舍。

"哥几个，快快快，迎新生晚会开始啦！"
"打听到什么好消息没？"孟一飞问。
"当然有，重磅好消息，关于——关于那天那个美女的。"

大家一听，顿时来了劲头，急忙跳下床，各自收拾打扮。王小川坐到老大郝彬的床上，推推他说："老大，老大，你经验最丰富，跟哥几个一起去走一趟呗？"

"不去，不去！"
"老大，走走走，给指点指点吧！"马驰也凑过来说。

众人合力拉起床上的老大，直奔学校礼堂。
舞台上，一水儿戴眼镜的男生已排开整齐的方阵，灯光打在眼镜片上，熠熠生辉。音乐响起，众男生用雄浑的声音唱：

　　少林，少林，有多少英雄豪杰都来把你敬仰。

少林，少林，有多少神奇故事到处把你传扬……

台下原本一片嘈杂，谁知歌声一起，观众顿时哈哈大笑起来。欧洋、孟一飞、郝彬、马驰、王小川在黑暗中四下寻找座位，终于在礼堂的一角找到四个空座，王小川被挤到了最外面，只好蹲在走廊上。男生大合唱已结束，主持人走上舞台，声音甜美地报幕：

"下一个节目，有请学校社团的团长董晨，为大家带来歌曲《爱的箴言》，大家欢迎。"

一片欢呼声中，董晨抱着吉他上台，追光灯打在他的脸上，他自信满满地拨动起琴弦。

马驰说："哼，又是这个董晨。"

孟一飞说："哎，美女注定和才子是一国的。"

王小川说："那可不一定！"

欧洋问："什么意思？"

王小川说："我不是说今儿有个重磅消息吗？那美女的资料，我现在可是门儿清啊！"

孟一飞说："你丫赶紧的，甭废话。"

孟一飞说着，伸长手臂绕过欧洋，将王小川薅到座位中间。欧洋无奈，只好将自己的座位让给王小川，自己蹲在走廊里，竖起耳朵。

王小川急忙说："那个方瑶，是英语系的，戏剧特招生，所以和董晨是在招生面试的时候认识的，也就两三面的事儿！"

孟一飞说："捡重点说！"

"重点是，这个姐姐还没有男朋友啊！"王小川补充说："还有，还有，董晨有个青梅竹马的女朋友，就在隔壁的京北大学！"

礼堂里再次响起一片掌声、叫好声。董晨向舞台后望了望,然后大方地向台下鞠躬致意。

主持人笑盈盈地接着报幕:"下一个节目,英语系新生,方瑶,诗朗诵《当你老了》。"

方瑶身着一条百褶裙,缓步走上舞台,还未开口,台下忽然传来一片尖叫声。

王小川趁机插话:"还有第三个好消息,你们愿不愿意听!"

"闭嘴!"众人齐声吼他。

> 当你老了,头发花白,睡意昏沉。
> 倦坐在炉火旁,取下这本书来,
> 慢慢读着,追梦当年的眼神。
> 你那柔美的神彩和幽深的晕影,
> 多少人曾爱慕过你青春时的容颜,
> 爱你的美丽,出自虚伪或真心。
> 只有一个人爱你那朝圣者的灵魂,
> 爱你岁月留在脸上的皱纹……

方瑶的声音清扬悦耳,像一曲婉转的梵婀玲,在礼堂的上空久久回荡。整首诗读完,全场沸腾了。郝彬、孟一飞、马驰、王小川使劲拍手喝彩,只有欧洋双手托腮,痴痴地蹲在地上傻笑着。

主持人缓缓走上舞台,掌声渐息。主持人说:"谢谢英语系的方瑶同学,下一个节目……"

"好！"欧洋像个钻天猴炮仗似的，从走廊地面一跃而起，他似乎刚刚从方瑶表演的节目中还了魂魄，上了发条似的拼命鼓掌。礼堂里一片哗然，只有王小川暗自拉拽着欧洋的衣角，连连问他："哥，哥，你魔怔啦？！"

10

从迎新晚会上归来，宿舍里便一直在议论方瑶和董晨。欧洋蹲在地板上，小心地煮着一锅方便面，开锅后，他将一个鸡蛋敲开，轻轻滑入汤中，宿舍内顿时香气四溢。王小川凑过来："欧洋哥，欧洋哥，面煮得不赖，我这会儿正巧也有点饿，给咱分两筷子呗？"

"好的，你过来坐。"欧洋说。

王小川攥着筷子凑了过来，却被孟一飞一把拉住。

"整天这么馋，怎么也不见你长个儿啊？"

王小川得意洋洋地回应说："切，有啥了不起，以后我叫我家方瑶姐姐天天煮给我吃，我要宣布个事儿啊，从明儿起，我要开始追求方瑶啦，你们谁也别跟我抢啊。"

"做你的白日梦吧，方瑶是我的！"孟一飞说。

"你有啥了不起，大家公平竞争呗。"王小川放下筷子，坐回到孟一飞对面的床上。

"你们别自作多情啦，方瑶才不是一个肤浅的女孩，她看重的一定是内涵！"趴在上铺的马驰忽然插话说："我觉得我要恋爱了！"

他话音刚落，王小川和孟一飞便各自飞了一个枕头，"嗖——嗖！"径直砸向一脸得意的马驰。

欧洋端着煮好的方便面，坐在木桌上，悠悠说道："我看那个方瑶啊——也就那样吧。"

孟一飞说："啥意思，欧洋，你把话说清楚，你觉得人家不好看？"

欧阳说："好看啊，校花级的人物，身边男生肯定是团团转，不过，跟我没啥感觉。"

王小川说："没啥感觉，刚才看节目的时候还一窜那老高？"

欧洋说："我是那首诗感动的，那首诗是……"

孟一飞说："别扯淡啦，你丫那是怂，连追都不敢追。"

欧洋并没有回应，夹起荷包蛋猛咬了下去，虽然烫得下巴直哆嗦，可他竟然强忍着哑摸起来，不时嚣张地发出"啧啧"声。

"方瑶是我的！"

"少跟我抢啊！"

"谁怕谁啊？"

众人又七嘴八舌地争吵起来，在床上翻书的老大猛然大吼一声：

"都给我闭嘴！"

宿舍很快安静下来，老大郝彬慢条斯理地说："为一个女孩闹成这样值得吗？还学会窝里斗啦。咱们先立个规矩，谁要是能最先要到那个女生的呼机号码，谁胜出，其他兄弟全身而退，今后还要为他鼎力相助。"

"这个公平，我看行。"王小川说。

"我也同意。"马驰说。

"我没问题。"孟一飞说。

"我也没问题。"咽了一大口荷包蛋的欧洋清了清嗓子说。

"哥，你不是没啥感觉吗？"王小川反问。

"我，我，我很喜欢那首诗！"欧洋说罢，脸颊涨得通红，飞身躺下。

郝彬从自己床头的书架上翻出两本书，拿到欧洋面前说："喜欢那首诗的话，我给你两本书看看。"

欧洋恭敬地伸出双手接过，对郝彬连连道谢。借着稀薄的月光，他看到一本书是《叶芝诗选》，另一本是杜拉斯的《情人》。他刚要翻开书页，却听到孟一飞插话："欧洋，昨天半夜你好像说了梦话？"

"呃……"欧洋想到昨夜曾梦到方瑶和他在校园偶遇，心中一惊，生怕自己讲出什么煽情的梦话来。

"我昨天记墙上了，等我看一下啊！"孟一飞说着，掀开贴在墙上的酒井法子的海报——原来他竟顺手将欧洋的梦话记在了海报后面。

"当你老了，头发花白，睡意昏沉。"

"哈哈哈哈！"宿舍里爆发出一阵欢笑声。

那一晚，欧洋仰在床头，睡意全无。半夜里，他又煮了一碗方便面，认真吃起来，"嗞嗞嗞"，吸面条的声音性感极了，像秋蝉的争鸣，像柔软的琴声，像姑娘绵长而深邃的吻。

11

照常理说，水木大学这样在全国理工科排名第一的大学，学生应该个个智商耸拔、骨骼清奇，追姑娘必然是手段高明，可惜青春课堂上没有学霸，哪个人谈恋爱不得经过摸爬滚打？

目标确立之后，除了欧洋每日窝在宿舍里读书，其他人迅速开展了代号为"方瑶表白"的竞技行动。第一个出手的竟然是终日沉迷哲学的马驰——之前他说过，蔫坏的人才有资格玩哲学，这的确是条真理。

马驰常埋伏在方瑶从食堂回熊猫馆的必经之路上，等待机会。作为大一新生，方瑶、蕾蕾和黄金凤还处在上课、打饭、去厕所都要手拉手腻在一起的阶段，马驰很难找到单独向方瑶表白的机会。他又生怕其他兄弟捷足先登，经过激烈的思想斗争，终于在一个下午从一棵大树后猛蹿了出来。

三个女孩被吓了一跳，蕾蕾问："你是谁啊，怎么这么一惊一乍的？"

"我是谁并不重要，接下来我要讲的这番话，将改变你们其中一个人的命运。"马驰腰杆挺直，双手叉腰，自信地说。

方瑶觉得马驰的样子实在滑稽，刚想要让他离开。黄金凤却开口说："同学，你是来发小广告的吧，我们才上大一，你去找高年级同学吧。"

马驰气定神闲地说："你们不必马上答应我，也不必拒绝我，我知道说出喜欢一个人是需要勇气的。此刻，我处在你们薛定谔的男朋友的状态！"

"原来不是发小广告的，是吃错药的！"蕾蕾插话说。

"辩证唯物主义告诉我们，客观世界里，矛盾是普遍存在的，两个人将来走到一起谈恋爱，是一定会随之出现矛盾的。再情投意合的恋情也有不如意的时候，比方说，在金钱观念上的分歧、对朋友态度的分歧、饮食爱好的分歧，乃至同一件小事上的双方感受不同，都可能成为感情不和谐的原因。所以，在找男朋友方面，拥有一个健康、强大、独立、自信的世界观，是多么的重要，而我，正是上天为你们量身打造的这样一个人！"马驰滔滔不绝。

"神经病！"蕾蕾拉住方瑶和黄金凤绕过马驰，快步走开。

马驰刚想问："同学，留个电话可好？"却看见黄金凤独自折了回来。

黄金凤将一个包子递到马驰手中，推了推眼镜，和马驰四目相对，片刻之后，她又重新跑向蕾蕾和方瑶。马驰心中一喜，心想："等不来白娘子，有小青待见也不赖啊。"嘴角刚刚咧开，却听见眼镜女孩对方瑶说："真可怜啊，这么年轻，精神就出了问题。"

一句话，把马驰羞得只想找条地缝钻进去。

王小川为了提升自己的形象，死皮赖脸地跟班长郝彬借来了他的西装。在图书馆，油头粉面的王小川从方瑶身边走过时，故意将钱包丢在地上，走出几步后，又假装低头四下寻找，口中喃喃："咦，我的钱包呢，刚刚我就坐在这里的啊？"

　　"同学，这是你的钱包吗？"
　　"太谢谢姐姐啦！"

　　猛然抬起头的王小川看到的是，比他高半头的蕾蕾正举着自己的钱包，不远处的方瑶还沉浸在书中，完全没有察觉他的存在。
　　"钱包里都有什么啊？"
　　"饭票、借书卡和钱？"
　　"嗯，叫啥名？"
　　"王小川。"
　　"嗯，放了多少钱？"
　　"一百三十一块四毛。"
　　这个数字，本来是王小川精心设计过的——"一百三十一块四毛"——如果是方瑶，他将毫不犹豫地说："谢谢姐姐，你看一三一四就是一生一世，多么有缘分的数字，留个电话呗？"可是在这个高大、飒爽，甚至有点咄咄逼人的女孩面前，王小川竟然战战兢兢不敢多说一句话。
　　"钱不少啊！"
　　"嗯。"
　　"拿回去吧，给你，回去买件合身点的西服穿。"
　　"这……"
　　"下回出来用这招骗姑娘，别再偷穿家长的衣服啦。"
　　人生如戏，全凭演技——王小川的脸涨得通红，这一次他觉得自己的演技，完全毁于这套失败的道具。一时间，恨不得变成一本书钻进书架里去。

最贼的要数孟一飞，他竟然率先找到了和方瑶独处的机会。《泡妞宝典》上说，约姑娘的第一要义在于"出其不意"，孟一飞苦思多日，反复观察，终于发现，方瑶周末会骑自行车独自去校外的邮政局，给杂志社寄投稿。于是周末的一大早，孟一飞便埋伏在熊猫馆外的车棚里，准备给方瑶一个"出其不意"的见面礼。

"红色、二六、坤车、白色车篮。"孟一飞一边在心中默念，一边四下寻找，很快他就锁定了目标车辆。他小心地向周围张望了一下——没有人，于是飞快蹲下身，拧开了那辆车子后轮的气门芯儿。

太阳爬得老高时，方瑶才从熊猫馆里走出来，一直在车棚外守株待兔的孟一飞早已饿得肚子咕咕直叫，为了佯装镇定，他吹着口哨，双手插兜，晃晃悠悠地走近方瑶。忽然，他猛弯下腰，一脸关切地望向方瑶说：

"呀，同学这是你的车子吧，怎么没气儿了？你是不是急着出门啊，别担心，昨晚我车子也停在这里了，你骑我的车子先去吧！"孟一飞连珠炮似的把话说完，忙从自己的书包里掏出纸笔，对方瑶说："没关系的，留个电话给我就行，我的车你先骑走。"

"不用了，我的是这辆。"方瑶淡淡说。

方瑶绕过孟一飞，走向他对面的一辆二六坤车：一样的红色车身和白色车篮。孟一飞顿时傻了眼，恨不得大嘴巴抽自己——刚刚为什么不瞪大眼睛看清楚呢？眼看到手的全聚德烤鸭，竟然能回到池子里"白毛浮绿水，红掌拨清波"啦。

孟一飞沮丧地走回宿舍，老大郝彬不在，马驰、王小川各自沉默不言地坐在自己的床头。唯有欧洋悠然地翘着二郎腿，捧着郝彬前几日送他的那本《情人》，看得入神。宿舍里鸦雀无声，郝彬背着画板和有机玻璃长尺推门而入，问道：

"怎么了，哥儿几个？怎么都像霜打的茄子似的，蔫蔫的啊？"

众人不语，欧洋抬起埋在书里的脸颊，笑笑说："向女神表白失利了呗。"

"你丫怎么知道的？"孟一飞问。

"我……我猜的啊，平常看你们个个打了鸡血一样，现在这么反常，一定是表白失利了呗？"

"你是跟踪我们了吧？"王小川反问。

"没有，没有，我一直在宿舍看小说啊。"欧洋说。

"你不是刚刚才跑回来躺上床的吗？"马驰反问。

孟一飞恶狠狠瞪向欧洋，欧洋迅速把脸埋进书里，片刻，"噗嗤"一声，再也忍不住，哈哈大笑起来——"哈哈哈哈，老孟啊，你眼神儿实在太差了！"

"丫的居然跟踪我们！"孟一飞说着，抄起一个枕头砸向欧洋。

欧洋迅速躲开，却不成想王小川和马驰竟也冲了过来，几下将他按在床上。

"不许动，坦白从宽，抗拒从严！"王小川说。

孟一飞说："你丫平时看起来贼斯文，关键的时候贼堕落，居然跟踪我们！"

"这是可耻的作弊行为！"马驰说。

"应该揍他一顿！"王小川起哄说。

欧洋忙求饶说："别别别，兄弟们，我错了，真心赔罪，下不为例！"

班长郝彬忙打圆场说："算啦，念他是初犯，放他一马！让他给今天给大家打饭打水。要是他表白也失败了，咱们重新开始第二轮比赛。"

众人一听，立刻松开了手。

孟一飞说："奶奶的，我这儿都饿一上午啦，欧洋你快去打饭吧！"

欧洋无奈地点点头，双手拎着四个暖水壶走出宿舍，王小川吵嚷着要吃蛋炒饭，便拎着自己的水壶跟在欧洋身后。太阳已爬上中天，深秋的晴空下，阳光爬进欧洋的衣领，毛毛虫似的扎得他浑身直痒。欧洋脚下的步子轻盈，他想，作为一张全宿舍的底牌，在见到方瑶之前，他一定要制定出周详的计划。

12

　　方瑶给杂志社寄完投稿，眼看已到中午，便径直骑车去了六食堂。食堂里人山人海，方瑶站在最靠边的队伍中间，随着人流一点点向前挨。好容易才轮到了自己，方瑶点完菜，一摸口袋才想起来，早上赶着去寄投稿，竟然忘记了带饭票。

　　"师傅，您稍等一下啊。"方瑶焦急地向身后四下张望，期盼着能在人群里侥幸看到蕾蕾和黄金凤，只可惜一个熟悉的同学也没看到，正在焦急之中，却听到身后响起一个浑厚的男声：

　　"师傅，给您。"

　　师傅接过饭票，将饭菜递给方瑶，方瑶一脸疑惑地望向身边这个高瘦的男生。她觉得眼前这这个男生有些面熟，便仔细地多看了几眼，谁知那男生竟羞得满脸通红。这脸蛋一红起来，方瑶恍然想了起来：新生报到的那一天，在那群自称是建筑系大四的学长中，她见过这个人——对，就是那个戴着眼镜，手中攥着汽水瓶，胸前流着一滩奇特的颜料，边走边向自己傻笑的男生——对啦，那一天他就是这样一张大红脸。

　　"谢谢啊！"方瑶大方致谢。

"没，没什么……"欧洋心头小鹿狂跳，他没想到竟在食堂和方瑶不期而遇，原本还惦记着好好谋划一番，可看到刚刚方瑶焦急的样子，便一下子跑了上来。

　　"欧洋——欧洋——你干什么去了？我快被挤死啦！"

　　欧洋顺着声音，望向不远处卖蛋炒饭的窗口，王小川像一枚曲别针似的，别在两名壮汉之间，已然被夹得双脚离地，使劲扑腾，活脱脱一尾刚出水的皮皮虾。

　　欧洋第一次如此近距离地靠近方瑶，激动得不知该如何开口。刚刚他只是恰巧站在方瑶隔壁队伍的后排，无意中捕获到她楚楚可人的眼神。一股怜爱之意，竟然他不假思索地冲了上来。此刻，欧洋呆呆地扶了扶鼻梁上的镜架，瞪大眼睛看着方瑶眉目清秀的脸庞——只是一眼，贪婪的一眼，便转身扎进人群，头也不回地跑向王小川。

　　"原来他叫欧洋，真是奇怪的人啊。"方瑶悠悠地想。

13

大四，枯燥的专业课最能考验人的意志，有时候，你不得不孤身去战斗，有时候，你一个人就是一支队伍。

替宿舍兄弟点名这件事，班长郝彬常常不会插手，遇上宿舍集体赖床，此项重任便责无旁贷地落在欧洋身上。

建筑构造课上，老师推推酒瓶底儿似的眼镜开始点名。

"王小川？"

"到！"欧洋掐住喉结喊着。

"马驰？"

"到！"欧洋按住鼻子，趴在桌子上。

老师似乎意识到了什么问题，顿了顿，缓缓说："嗯，接下来，请喊到的同学站起来。"

"孟一飞？"

"孟一飞？"

"到了，到了。"欧洋猫腰窜到最后一排，低着头，慢慢站起来，应了两声。

点名继续。

"郝彬？"

"到！"

"欧洋？"

"欧洋？"

"欧洋来了没有？"

"到了，到了，到了！"不知什么时候，欧洋已经脱掉了外套，摇晃着身子站了起来应和着。

老师推了推厚镜片说："欧洋同学，你衣服脱得挺快啊。"

"哈哈哈哈！"

教室里传来一阵哄笑声，欧洋连忙把课桌上的衣服甩到地板上，晃晃悠悠地正准备坐下，却看见孟一飞、马驰、王小川蹲在教室的后门口，朝他做着鬼脸。

"大家别墅设计的二草情况我已经批改过了，别墅设计的重点在于功能、空间与风格的把握。"老师说完，挑出一张图纸，继续说："孟一飞同学，你的设计很让人眼熟，有建筑大师的风范啊。"

孟一飞眼见老师用图纸挡住了脸，便壮着胆子，猫腰快步走进教室里欧洋身边的座位上，站起来得意地说："谢谢老师，我借鉴了一点莱特的流水别墅的设计。"

"借鉴——我看是抄袭吧。"老师说着，举起一张流水别墅的照片，居然和孟一飞的图纸一模一样，全班同学顿时大笑起来。

"还有欧洋同学。"老师举起另一张图纸说，"你的设计为什么没有立面图、剖面图，只有平面图？"

"我……我记得现代建筑大师密斯·凡·德·罗说过，少就是多。"

欧洋辩解。

"简直是胡扯！"老师说着，拿出点名簿，在上面记下了欧洋的名字，随即打开幻灯机，熄灭了教室的照明灯，"今天我们来集中观看一下世界知名别墅建筑的幻灯片，大家要集中精神。"

欧洋捡起地上的衣服穿在身上，心中暗恨："真是冤大头啊，帮了所有的人，最后只有自己被扣分。"

马驰和王小川趁着光线变暗，也溜进了教室。欧洋有气无力地趴在课桌上，不时升腾的睡意让他一阵恍惚。老师放着幻灯片，举着铝合金教鞭，磨豆腐一般，边讲边在教室里绕圈圈。

孟一飞、马驰、王小川起初坐得腰杆挺直，双手撑在胸前，将趴在课桌上欧洋严严实实地挡住，如是几圈后，当老师再次转到后排的时候，孟一飞迅速和马驰、王小川交换了眼神，三人齐刷刷靠向后排，将趴在桌子上打盹的欧洋暴露无遗。

"梆！"老师一教鞭棍劈下来，铝合金教鞭的梢头正擦过欧洋头顶，欧洋一个激灵醒了过来。

孟一飞等人暗暗坏笑，却假惺惺凑过来对欧洋说："没事吧，没事吧，你打呼噜声音太大了，知道不？"

欧洋摸摸头，一个红包已然从脑门上拱了出来。

终于挨到下课，团支书艾小红在后排高声对欧洋喊：

"嗨，欧洋，外面有个女孩找你。"

孟一飞、马驰、王小川顿时来了精神，趴着玻璃窗向外张望，只见方瑶夹着一大叠海报，静静地站在教室外的一棵银杏树下。她扎着一支马尾辫，穿着一身羽白色运动装，在或青或黄的银杏树的映衬下，像一枝清凉而安然的雪糕。欧洋在班里男生嘈杂的起哄声中，一只手按住脑门，微弓着细腰走出教室，走进秋光中，像一绺滑入浓汤的面条。

"还你的，上次谢谢啦，欧洋学长。"
"你怎么知道我的名字？"
"那天你跑开的时候，我恰巧听到有人在喊你的名字。给你——"
"不用啦，就一张饭票，真的不用啦。"

欧洋似乎还沉浸在上课时的惊悚中，这一次面对方瑶，竟不觉得有多紧张。方瑶的脸庞白皙如雪，眼波宛转而澄澈，开口讲话时，还能隐约看到一个浅浅的酒窝。

"拿着，这跟多少没关系，必须得还。"方瑶说着，将饭票递了过来。
欧洋一只手按在脑袋上，另一只手急忙推挡，却不小心碰到方瑶的手臂，海报"呼啦"一下撒了满地。他忙蹲下身，帮方瑶捡海报。捡的时候仔细一看，发现海报上竟是学校戏剧社团的招新广告。

"你们戏剧社在招人？"
"是啊，明天社团招新大会。"
"怎么你一个人拿这么多海报啊？"
"没关系，我刚好没课，就当锻炼一下啊。"
欧洋心想，这真是个勤快的女孩啊，赶忙弯下腰帮方瑶一起捡回地上的海报之后把捡起来的海报小心地摞成一叠，重新捧给方瑶。方瑶拿出最上面一张，递到欧洋手中，说：
"欧洋学长，这张留给你，帮我在你们建筑系的教学楼里做做广告吧。”

“好的，保证完成任务。”

“我赶着去贴海报，先走啦，谢谢你的饭票和广告哦。”

欧洋向方瑶挥手致意，不想却将头顶的红包露了出来，慌忙捂住了头。方瑶暗想：这个欧洋人挺热心的，就是行为举止太奇怪了，不觉中"噗嗤"一声，用一弯浅浅的酒窝，给这次美好的会面画上了句号。

欧洋手举着海报走进教室，在全班男生嗷嗷直叫的起哄声中，笑得嘴巴都咧到耳后去了，粉嫩的牙龈像爆开的石榴籽一样，巴不得从唇角里迸射出来。

孟一飞走过来，指着欧洋的脑门上的红包说："活该！"

"活该！"

"活该！"

马驰和王小川也凑了上来。

窗外，方瑶在树林下已然走远，欧洋伫立在窗前，呆呆地看着。孟一飞伏到欧洋的耳边，阴阳怪气地说：

"有些感情啊，就像这片绿色银杏树林子似的，现在看上去挺美，但早晚都得黄！"

14

翌日，天气晴好，欧洋起了个大早，到食堂扒拉了几口早餐，独自走向社团招聘的小广场。广场上早已聚满了同学，各色条幅横七竖八地挂着，花花绿绿的展板伫立其间，好不热闹。

欧洋正向人打听戏剧社招新的台位，却听见身后有人远远地喊他的名字。

"欧洋，欧洋，到这边来！"

欧洋顺着声音扭过头去，顿时大惊——只见孟一飞、马驰和王小川已经早早在戏剧社的展台旁排起了队。孟一飞挎着自己的相机，王小川仍穿着从郝彬那儿借来的西装，最过分的是马驰，居然偷用了他才买来的发胶，头发擦得乌黑发亮，刚劲挺拔。

"你们太过分了！"欧洋心中翻江倒海，瘪着嘴巴走过去。

"哥，跟你占了位儿，快进来！"王小川殷勤地说。

欧洋挤进队伍，随着人流向前迈进。好半天，终于排到了他们四人。

"你们有什么特长啊？"展位上，一个头发稀疏、眼神凶恶的老师抬起头，望向孟一飞，"同学，你喜欢摄影吗？"

孟一飞刚要回答，却听到到身旁的董晨喊了一声："胡老师——"随即起身凑到老师的耳边，轻声耳语了几句。

"你们是大四的学生吧？"老师问。

"大四的怎么了？"王小川说。

"不好意思，我们只招新生。"老师冷冷地说。

"新生有什么好处，到学校还没适应，整天怯生生的，讲话都不敢大声儿，老生到哪儿都熟悉……"孟一飞正在滔滔不绝，董晨忽然插话："你们大四的，也就能在社团待一年了，刚熟悉工作，就要准备离开了。"

"我们可以不走的，看待事物，总是要用辩证统一的眼光吧。"马驰说。

欧洋也想插嘴辩解，无奈董晨已经开始招呼起了后面的新生。面试老师金刚怒目地摇了摇头，三三两两的头发在微风中兀自招摇着，像一场惨淡的告别仪式。

众人从展位上退了下来，王小川说："完了完了，再想新招吧。"

孟一飞说："那个董晨长得浓眉大眼，跟地下党似的，怎么老干这种背叛革命战友的事儿？"

马驰说："要不咱们今天跟班长去京北大学玩吧？"

孟一飞和王小川立刻点头同意。欧洋蔫蔫地说："我还是老老实实去自习室画图吧，被建筑构造课老师拉进了黑名单，再不使把劲，年底肯定要挂了。"

孟一飞、马驰和王小川三人一阵坏笑，向欧洋道了别，便离开了小广场。欧洋跟着人流准备去自习室。忽然，人群中有人拉住了他。

"同学，我是美术社的社长，想进我们社吗？"

"不，我想报的是话剧社。"

"我刚刚都听见了，大四，想进戏剧社，看来你很有艺术追求啊？"

"这个……"

"我们社团正急缺人手，欢迎你这样的有志青年加入啊。"

欧洋一时语塞，却远远地看见方瑶走了过来。

"李社长好，欧洋学长，你也在啊！"方瑶说。

"嗨，方瑶，怎么你们也认识？"李社长说。

"嗯！"方瑶点点头，"谢谢李社长上次帮我们画海报啊，今后话剧上映，还少不了要麻烦你们美术社。"

"没关系的，我们应该的，应该的。"欧洋忽然凑到李社长的身旁，伸手搭在他的肩膀上，笑得黏黏糊糊的，似乎要用这个软塌塌的笑容和他融为一体。

李社长被欧洋搞得一头雾水，也只得随声附和。

"太好啦！那就多谢两位学长啦，我还有点事情，先走喽！"。

李社长看着欧洋呆呆地目送方瑶离开，心领神会地笑了。

"什么时候来社里报到？"

"我保证随叫随到！"

"原来这才是你的'艺术追求'！"李社长指着方瑶的背影对欧洋笑了起来。

15

孟一飞、马驰、王小川三人兴致勃勃地赶到京北大学。这里的女生走路步子更大，衣着更时髦，摇曳多姿，明显比水木大学的女孩子们开放许多。当然男生们更开放，看到好看的姑娘，便眼神火辣、毫无顾忌直勾勾地盯着看。

"真是没得比。"孟一飞叹道，"咱们学校的男生看到好看的学妹，心里有鬼也不敢转过头，只能把眼珠子硬生生挤进眼角里，用一点余光缀住人家。"

"是啊！哪像人家京北大学啊，男生的脖子都快扯断啦。"王小川说。

"哈哈哈。"

三人一人一根棒冰，坐在京北大学图书馆外的台阶上左右张望。

"你们看，那边电话亭旁边站着的是不是大哥啊？"马驰眼尖。

"没错，就是大哥啊！"孟一飞下了定论。

只见郝彬举着两根棒冰，木木地站在京北大学一个老旧的电话亭旁，像个被晒蔫了的稻草人。天气很热，电话亭里的姑娘好像没有要出来的意思，郝彬便在两根棒冰上各自舔了一口，保证两根棒冰融化的速度一致，但是，棒冰很快还是软塌塌地流了他满手。

"那个打电话的应该是大嫂吧，老大整天跟我们吹大嫂对他多恩爱，哪能想到他爱得这么窝囊，这么疲软？"王小川说着，跳了起来。

"你过去凑啥热闹？"孟一飞一把攥住了王小川，"为姑娘站岗放哨，那是大哥的荣幸，大家都听好啦，这事回去谁也别说出来。"

星期天的下午，欧洋接到李社长的电话，兴冲冲地直奔美术系的阶梯教室。

"欧洋，社里现在急需一个裸模，你有没有兴趣试试看？"李社长问。

"什么？裸模？"欧洋大叫起来。

"你别激动，这叫做为艺术献身，再说，关键的地方，我会替你处理好的。"李社长说。

欧洋坐在阶梯教室旁边的更衣室里，百爪挠心。他心想，如果今天就此败下阵来，李社长估计再也不会找他去美术社帮忙了，那就彻底断了和方瑶刚刚建立起来的联系。今后总不能天天拿着饭票去食堂门口守株待兔吧。做裸模虽然代价大一点，但是为了方瑶，那也是值得的。

"裸模也是艺术，艺术没有高低贵贱，你别想不开，别忘了你是有艺术追求的人啊！"

"那你怎么不做？"

"我、我保证，你就顶替我做几次，以后只要画画就行。"

"几次？"

"五次。"

"三次！"

"成嘞！"

话一出口，欧洋就觉得说多了，这生意成交得太利索，让他追悔莫及。

"知道你第一次会害羞，给你准备了点牛栏山二锅头。"

"好，给我！"

欧洋拧开瓶盖，猛灌了一大口。

"咳咳咳……这么呛？！"

"没事没事，你多做几次，将来我推荐你做社长。"

"我才不稀罕！"

欧洋一边说，一边不情愿地一件一件把衣服脱了下来，最后，李社长死死地盯住了欧洋身上仅剩的那条内裤。

"这件也不能留。"

"这可不行，这是我的底线。"

李社长在房间里瞄了一圈，最后从书架取下一个白色的口罩，递到欧洋手中。

"用这个遮一下吧。"

"这个……"

欧洋抄起二锅头，梗紧脖子，将剩下的半瓶一饮而尽。

阶梯教室的大窗户上，加了遮光布的窗帘已经紧紧拉上，私密性极好，教室内的灯管儿却雪亮耀人。欧洋双手紧捂着白口罩，被李社长牵了出来，像赶赴一场慷慨就义的大手术一样，被扔上了讲台。台下无数双眼睛和头顶无数盏白炽灯汇聚在一起，直刺得欧洋浑身痒痒，二锅头的酒劲开始发作，潮水一般的眩晕感从腹腔向头顶升腾起来，欧洋的身子软了，心里美滋滋的，他觉得，女生们的眼神热得发烫，脸蛋粉白透红，这些水木大学的姑娘们倏然变得明媚起来。

16

当天夜晚，宿舍里的兄弟都已睡下，欧洋却翻烙饼似的在床上辗转反侧，做裸模这事儿还是让他感到分外焦虑。凌晨三点钟，他才迷迷蒙蒙坠入梦境。

他刚睡熟，孟一飞就被他的梦话吵醒了。

"别动我口罩！谁也别动我的口罩！"

孟一飞打开手电筒，从木桌上趔摸到一支笔，掀开床头的海报，将这句奇怪的话记录在墙壁上，翻身刚想睡下，谁知欧洋又高喊了一声："我才不要做社长！"

这一声，众人都被吵醒了。孟一飞打着手电筒，跳下床，郝彬、马驰、王小川各自揉着惺忪的睡眼，围了上来。床上，欧洋睡相狰狞，整个身子缩成一团，双手将被子紧紧捂在大腿根上。

"丫这是中邪了吧？"孟一飞伸手捅了捅欧洋露在被子外的后腰。

谁知，欧洋竟然舒展着身子，摆出了一个"掷铁饼者雕塑"的造型，众人看得云里雾里，却忍不住哈哈大笑起来。

"老小儿，明儿去探探欧洋的底儿？"孟一飞说。

欧洋果然梦到自己再次坐在那架"手术台"上，台下坐满了画画的同学，一双双如饥似渴的眼睛简直要灼伤他的皮肤。前排有女生爆出一阵笑声，那笑声清脆悦耳，满是女性的柔媚。突然，欧洋的身体情不自禁地发出巨大的震颤，下体像被某种魔法唤醒了似的，变得越来越坚实有力。欧洋试图转移自己的注意力，眼珠四下打转，可身体里的热血却不听使唤地奔涌汇聚，直达下身。

接着，台下的笑声越来越密集，那个覆在欧洋身上的口罩，像一面冉冉升起的白色旗帜，在他身上越爬越高，欧洋极力保持着最后的艺术尊严，可身体却诚恳地在姑娘们的笑声中，缴枪不杀了。

他感到心跳越来越快，脸颊越来越火烫，灯光越来越刺眼。

最后，欧洋一身大汗地跌出梦境，正看到孟一飞高举着明晃晃的手电，在自己的头顶打转，宿舍的兄弟们个个瞪大眼珠子不怀好意地注视着自己。欧洋忙装模作样狂咳几声，解释说："没事，没事，做了个噩梦而已。"

说罢，欧洋翻身倒下，却被自己硬邦邦的下身生生顶了一下。

17

方瑶入校后不久便收到了很多情书。这当然不奇怪，在那个年代，在那个理想主义草长莺飞的象牙塔内，情书的威力，绝不亚于现在名表和包包，那时，能写情书的同学被大家叫做"文豪"，就像现在，那些整天送名表、包包的人叫做"土豪"一样。

据说，沈从文当年在学校追求张兆和的时候，靠的就是情书炸弹。张兆和收到的沈从文的情书，多得可以以麻袋来计算。后来，张兆和跑去找胡适校长说理。胡适说，沈先生顽固地爱着你。张兆和咬咬牙说，我顽固地不爱他。最后呢，还不是在沈从文先生顽固的情书炸弹下，被宣布了主权。

入校几个月，方瑶的情书也攒了小小的一袋子，有些她当面婉拒了，有些直接被塞到了她的书包里，塞到了她们宿舍的门缝里。这些情书上，除了密密匝匝的肉麻情话，还会有一些奇奇怪怪的数学符号、电路图甚至微积分运算式。总之，水木大学骨骼清奇的高人太多，连情书也写得仙风道骨。英语系的师姐告诉她，当年她的男朋友追求她的时候，就写了一个物理公式。师姐跑去找男友理论，问他："在你心里，我算什么？"

男生说："算是公式啊！"

师姐诘问："为什么是公式？"

男生说："这样，我就可以推导（倒）你啦！"

　　方瑶听得脸泛红晕，暗自为学长的智慧胆略点赞。可是，她却很少拆看自己的情书，大部分的时候，她都整齐地将它们装在袋子里，摆在床底下。只是黄金凤总吵嚷着要看，熄灯以后，她常常点燃蜡烛，聚精会神捧读，动情之处，还常常声泪俱下。

"写得太感人了，太有才华了！"

　　蕾蕾给黄金凤递过毛巾，将黄金凤的脑袋轻轻靠在自己的肩头。

"你看上了哪一个？我帮你去跟他讲清楚。"

　　黄金凤忍住抽泣，将信纸重新码好，装回袋子说：

"我没事，过下瘾就好！"

　　蕾蕾打趣："嘿，方瑶，你到底喜欢啥样的啊？"

　　这话蕾蕾是替董晨打听的。迎新晚会上，董晨给蕾蕾留下了深刻的印象，几日后董晨便约蕾蕾出来小坐——当然隐瞒了他在京北大学有女朋友的事实，一再恳求蕾蕾暗中帮助他追求方瑶，一向爽快直率的蕾蕾欣然答应了。

"方瑶，你快说，啥样的男人才会让你动心啊？"

　　方瑶不语，少顷，轻声哼唱起一首齐秦的《大约在冬季》：

　　　　没有你的日子里，我会更加珍惜自己。

　　　　没有我的岁月里，你要保重你自己。

　　　　你问我何时归故里，我也轻声地问自己……

蕾蕾嘴上打趣"呦，莫不是在家里还有个老相好吧"，心里却恍然透亮了：齐秦的这首歌专门写给王祖贤的，据说当年齐秦只花了 15 分钟就将这首脍炙人口的歌写了出来——在方瑶心里，她一定也肯定渴望有男生能为她也写首歌吧。

隔天，这消息便传到了董晨的耳朵里。

18

因为晚上睡眠不足，欧洋便在中午补觉，为了防止下午去美术社迟到，他不得不定了闹钟。可还是睡过了头，闹钟反复震了很多遍，他才挣扎着爬起来。再一看表，已经迟到了十分钟，便胡乱抄了一件衣服，冲出宿舍。跑出几步，才发现慌乱中自己竟穿了那天迎新生时的那件带颜料的T恤，胸前还是一片狼藉。可是，时间已经来不及了，欧洋索性直奔阶梯教室找李社长。

"我的口罩呢？"
"打扫卫生的时候被阿姨扔掉了。"
"扔掉了，我怎么办？"
"我给你准备了一盆花！"
桌子上摆着一个大花盆，欧洋定睛一看，那哪里是一盆花，分明是一大盆满身硬刺的仙人球。他只望了一眼，便觉得下体一阵刺痛，赶忙将目光收了回来。

舞台上，欧洋踮起脚尖，弓着身子，猫在仙人球的身后。李社长像摆弄塑料模特一样，一次次摆正欧洋的身体。如是几次，欧洋刚刚找到感觉，沉静下来，却看到方瑶背着双肩包，从阶梯教室的后门走了进来。

欧洋的额头"吱"的一下飚出了一头热汗。情急之中，他抱紧大花盆，端起仙人球，直奔更衣室。台下一片哗然，李社长急忙蹿上来，伸展手臂，准备拦下欧洋。谁知欧洋灵机一动，将手中的那盆仙人球推向李社长，由于用力过猛，仙人球径直滚入李社长的怀抱。

"啊呜！"

台上发出一声惨叫，李社长应身倒地。顺利脱身的欧洋直奔更衣室，飞速将门反锁起来。

胸前插满细刺的李社长从地上爬起来，连声"哎呦"着。美术社的同学们立即围过来，好一会儿，才勉强将他身上的刺拔干净。方瑶走过来，看到满身是刺的李社长，觉得十分滑稽，却强忍着不敢笑出声来。

"李社，戏剧社的胡老师让我过来问一下，最近我们在排练新话剧，能不能从美术社借一个美工给我们？"

"我这里也特缺人手啊，你看，我都快逼着自己上台了。"

"李社，您帮我们想想办法吧……"

"别别别！你们老胡整天凶神恶煞的，据说拍戏又特别凶，真没人愿意去！"

两人正说着，欧洋打开了更衣室的门，穿着那件带颜料的破背心从里面缓缓走出。

"欧洋，就他，欧洋吧！"李社长指着欧洋的背影高喊。

欧洋不确定，方瑶刚刚是否看清楚了自己，原想着头也不回直接躲开，无奈李社长连连高喊着他的名字。他只能硬着头皮，对方瑶展开一个干瘪的微笑。

李社长似乎被刚才的细刺扎痛了神经，高声地、近乎歇斯底里地对方瑶说：

"就他了，就他了，你快点把欧洋带走吧！"

19

欧洋随方瑶走出美术社的阶梯教室，穿过长廊，去楼道另一头的戏剧社。

长廊两侧的教室，是音乐社的活动场馆，有学生在里面弹奏着一首轻快的钢琴曲。午后的阳光穿过高大的玻璃窗，将长廊分割成齐整而雪亮的豆腐块儿，明晃晃的，穿行其中，有一种进入了时空隧道的错觉。琴声从门窗的罅隙中挤出来，在长廊的四壁上弹跳，和明澈的阳光融汇而下。恍惚中，欧洋觉得长廊伴着音乐声晃动起来，脚下的步子绵软起伏，仿若置身云月深处。

欧洋心想："这长廊若真是时空隧道该有多好，我和方瑶只要这样一直走着，望着，便能穿越漫长岁月，在琴声尽头，和日光融为一体，白首偕老。"

"方瑶。"

"啊？"

欧洋竟情不自禁地喊出了方瑶的名字。方瑶停下脚步，转过身，忽闪着大眼睛望向欧洋——她当然没有老。她葱管般粉白的脖颈挺拔有力，脸庞白皙清秀，金色的阳光落在她面颊上的细密绒毛上，金光熠熠。凝望着方瑶明澈的双眸，欧洋心中升腾出一种从未体验过的感觉——那不是普普通通的欣喜，不是占有，甚至不是天长地久，只是在那一刻，他觉得方瑶美得纯粹无瑕，他愿意这样一直看着她，一直，一直。

　　"如果将来我们都老了，还能这样彼此注视着对方吗？如果这一生有你，该有多好。"欧洋心想。

　　"嗯！"——方瑶打开了大门。开门声回响强烈，像一个巨大而结实的心跳，带领欧洋进入了空旷无人的排练房。
　　"就是这里，今后要辛苦你啦！"
　　"好啊。"
　　方瑶拿起桌上的一张白纸，递给欧洋说：
　　"把你的宿舍电话写上，我要给社里做一个通讯录，方便以后排练用。"
　　"好的，那我……我可以知道社里其他同学的联系方式吗？"欧洋笑了。

20

宿舍里，郝彬、孟一飞、马驰、王小川打扑克打得正欢。孟一飞和王小川的脸上贴满细长的白纸条。

王小川一边出牌一边说："我已经都打探清楚了，欧洋是被美术社拉去做裸模了！"

"裸模？"众人异口同声地惊呼起来。

"嗯！为了黏糊方瑶呗，美术社和戏剧社离得很近，中间就隔了一个走廊。"王小川说。

"难怪丫每天晚上睡觉都用被子把自己裹成粽子，原来是白天受到了惊吓！"孟一飞说。

"欧洋为艺术献身挺大的啊。"郝彬说。

"那不叫为艺术献身，那叫为爱情失身！一想到欧洋光着屁股戳在讲台上，被一帮哥们、姐妹儿画来画去，我觉得丫还是挺风光的。"孟一飞说。

"风光你去吗？反正我不去。"马驰反问。

"我也不去，哥们儿没那个皮糙肉厚的脸面儿！"孟一飞说。

"我觉得欧洋挺悬的。你说你去蹭方瑶这样的大美女，多少人想在她面前树立光辉形象都还来不及，你可倒好，一上来脱了个精光，还每天搞群众展览，哪个女孩愿意跟他好？"王小川振振有词地分析道。

"有道理啊！"众兄弟齐呼。

正在此时，门外传来一阵阵急促的砸门声。众人大惊，赶忙把扑克用报纸兜起来，塞进被窝，各人滚上各人的床铺。

"谁啊？"郝彬问。

"砰砰砰！"门外并无应答，依然是强烈的砸门声，老小指了指孟一飞的脸，孟一飞迅速薅光贴在脸上的纸条，将脑袋埋进被子。

"老师，我们在睡觉啊，稍等一下，我穿上裤子来给您开门啊！"郝彬佯装镇定。

"嘭！"门被一脚踹开，欧洋双手叉腰站在门外，眼镜片闪闪发光，夸张地摇着他前不久花十块钱剪的"富城"头。

"欧洋？"郝彬一脸疑惑。

"你咋啦，做裸模被人家姑娘捉现行了也不能找自己人发泄啊！"孟一飞从被子里钻出脑袋说。

欧洋迈开大步走进宿舍，忽然跳转身，直挺挺地把后背亮给大家看。

众人疑惑地望去，只见欧洋 T 恤的后背上，用娟秀的字迹写着一串数字。

"方瑶的呼机号码，哥们儿我要来啦！"欧洋终于忍不住大叫起来。

21

当夜，班长郝彬主持宿舍卧谈会，召集众兄弟共举大义，决定有三：

其一，欧洋用两包方便面贿赂宿管室的大爷，请大爷连日修好宿舍的门锁，并不上报校方，欧洋立即照做；

其二，欧洋请众兄弟去学校的小桥煎饼摊解馋，要求煎饼必须双面煎蛋。欧洋咬咬牙，决定省出一周的早饭钱，立即照做；

其三，众人退出竞赛，全力支持欧洋追求方瑶，今后有钱出钱，有力出力，刀山火海，在所不惜。

当晚的气氛异常热烈。班长郝彬念完三项重要决定后，宿舍里响起了闪电雷鸣般的掌声和地动山摇般的嗷叫声！

孟一飞说："欧洋，你要知道，你现在要完成的不是你一个人的使命，你可是背负着咱们全宿舍人的尊严！"

王小川插话："就是，你要是能把英语系的系花拿下了，咱们宿舍从此在水木大学就耀武扬威了！"

孟一飞抢过来接着说："虽然班长也有女朋友，但远在几千米外的京北大学，你或许是第一个脱离苦海、还俗红尘的少林弟子……"

孟一飞还想接着啰嗦，郝彬忽然说：“别净说些没用的，现在大的战略方针已定，大家要拿出行之有效的战术才对！”

“对对对！大哥说的对！”王小川说。

孟一飞转身从自己的枕头下抽出一本破旧的手抄书。欧洋定睛一看，原来就是那本被孟一飞视为珍宝的《泡妞秘籍》。

顷刻间，孟一飞眼神深沉了许多，仿若行走江湖多年的大侠临危托孤一般，语重心长地说：

“欧洋，这本手抄版秘籍，只传水木大学嫡系，我珍藏多年，一直视为心头肉，你好好收着，学会一招半式，将来一定可以捕获美女芳心！”

王小川打趣说：“哈哈，快收回你的秘籍吧，听说《泡妞秘籍》这书跟《葵花宝典》挺像，一上来都是‘欲练神功，必先自宫’的大招。让我说，哪有那么多讲究，欧洋，你只管冲冲冲！”

郝彬打断王小川说：“欧洋，你别听他胡说，追女孩你得一步一步来，这点我有经验，我和你嫂子秋月那会儿吧……”

众人安静下来，以为一向一本正经的郝彬接下来要爆自己当年追求女友的猛料。谁知郝彬狂咳了几下，话锋一转：“那会儿吧，我也不着急，耐着性子慢慢来。嗨，这事儿上你不能去学校花园里薅一束花，直接跪在方瑶面前——那一准儿得黄！”

“那该怎么办？”王小川蹿下自己的床，像个山猴似的跳上老大的床。

“送书啊，咱们学长钱钟书就说过，男女之间的爱情都是从借书开始的。”郝彬说。

“借书？借什么书？”欧洋疑惑地问。

“你看，男女之间一借书，问题就大了。借了是要还的，一借一还，两次接触的借口。"郝彬补充说:"方瑶喜欢叶芝,我猜她一定热爱英国诗歌,我这里拜伦、雪莱、济慈、华兹华斯、柯勒律治、骚赛的诗集多的是,你随便看,随便挑,随便借。"

欧洋忙像捣蒜杵似的点头感谢。

孟一飞插话:"欧洋,借书之前,扒了书皮看仔细,别借了拜伦过去,书皮里包着个《灯草和尚》。"

众人听罢,哈哈大笑,郝彬羞得一句话也说不出来。

王小川说:"我觉得还是送吃的更靠谱。你们想啊,哪个姑娘不馋嘴,平时一个个怪文静的,看到好吃的,一水儿的暗地咽口水。我觉得吧,这世界上就没有一顿烧烤解决不了的问题!实在大的事,两顿也能搞定。"

"烧烤?"欧洋疑惑地重复着王小川的话。

"简单一点的,送小桥煎饼吃也有这个效果。"王小川补充说。

"送煎饼也是要讲究技巧的!"一向热衷研究哲学的马驰,终于慢悠悠又自信十足地开口了,他说:

"大家有没有听说过巴甫洛夫泡妞法?"

众人疑惑不解,都静静等着他进一步解释。

马驰故作高深地压低声音说:"巴甫洛夫养小狗,每次给狗送食物以前会打开红灯、响起铃声。这样经过一段时间以后,铃声一响或红灯一亮,狗就开始分泌唾液。这就是著名的'巴甫洛夫条件反射'试验!"

"这跟泡妞有啥关系?"孟一飞问。

马驰摇了摇食指:"欧洋,你每天给方瑶抽屉里都放上一套煎饼,但绝不告诉她,她来问你,你也不要说。坚持一至两个月,当她已经对你每天准时的煎饼习以为常时,你突然不送了,她心中一定会产生深深的疑惑及失落感,同时会满怀兴趣和疑问主动找到你询问,这时再一鼓作气将其拿下。这方法借鉴了巴甫洛夫的'条件反射试验',所以叫'巴甫洛夫泡妞法'。"

王小川猛咽了一大口口水，说道："我的天，送那么老多煎饼，那得多少鸡蛋哇？"

马驰继续说："其实我还有很多哲学理论，可以应用到追姑娘上，比如奥卡姆剃刀定律泡妞法、墨菲定律泡妞法、水桶定律泡妞法、帕金森定律泡妞法……"

"快得了吧，帕金森那玩意儿是病，得电！"孟一飞说。

众人哈哈大笑起来，笑完了继续七嘴八舌争论不休。整个晚上，欧洋像上了发条一样，连珠炮似的点头，又连珠炮似的摇头，最后还是听得云里雾里。夜宵用的泡面已经送了宿管大爷，欧洋此刻饿得肚子咕咕直叫，一想到明天的早餐也要省出来给大伙买煎饼吃，欧洋只觉得自己全身瘫软，昏昏欲睡。

22

天亮后，欧洋的肚子饿得厉害，迷迷糊糊爬起来灌了一大杯凉白开，才缩回被子里勉强睡去。过了好久，欧洋听到陆续有人返回宿舍。

"快爬起来，欧洋，哥儿几个给你个惊喜！"孟一飞一把扯开欧洋的杯子，却发现欧洋不知何时竟将枕巾掖在了大腿根儿上，又引来众人一阵大笑。

欧洋以为孟一飞好心买了早点回来，便一骨碌爬了起来。

"买了啥？"欧洋问。

"博士伦！"王小川说。

"我不戴。"欧阳说。

"今后，你要跟那个叫董晨的铆上了，丫这浓眉大眼道貌岸然的模样，占尽了先机，你不能因为一副眼镜，拖了整个宿舍的后腿！"孟一飞说。

欧洋觉得孟一飞的话有些道理，便爬起来洗了把脸，取下博士伦，对着镜子小心翼翼试戴着。折腾了好半天，还是戴不上。

"你丫这下不了狠手可不行，为了全宿舍的荣光，你得有把眼珠子抠出来的勇气。"孟一飞说。

"眼球太灵敏了，我完全捉不住它。"欧洋说。

"兄弟搭把手，按住欧洋。"孟一飞话音刚落，马驰和王小川便一人一只胳膊按住了欧洋。郝彬从身后捉住欧洋的脑袋，摁到木桌上。孟一飞撑开欧洋的眼皮，掀了一枚博士伦镜片，硬生生捅了进去。

"哎呦，哎呦，太难受啦！"欧洋大叫。

折腾了好一阵，孟一飞才把博士伦镜片帮欧洋戴上，最后，众人满头大汗，欧洋满头大汗外加泪流满面。

"怎么样，眨几下眼睛试试？"郝彬问。

"完全看不清啊！"欧洋说。

"你眼睛多少度啊？"孟一飞问

"左眼 400 度，右眼 550 度。"欧阳说。

"妈的，戴反了！"孟一飞大叫。

"兄弟们再按住他！"郝彬说。

"哎呦妈呀！"取镜片的过程更加难受，欧洋嗷嗷直叫。

又折腾了半天，欧洋总算重新戴好了博士伦。谁知他刚睁开眼睛，王小川却糊着满手郁美净，一把揉在了他的脸上。

"得弄得嫩一点，香一点！"王小川说。

"还是有哪里不对劲。"马驰说。

"闪开！"孟一飞抄起一瓶发胶，将几卷稠密的泡沫打在欧洋头顶，然后把所有的头发倒拢上去，梳成一个闪闪发亮的大背头。

"我是去做舞美，不是去做舞女，要不要弄得这么——销魂！"欧洋大叫。

"哇，赌神！"众人不约而同地喊道。

"梳妆打扮"之后的欧洋果然精神了很多，他本来便生得眉目清秀，被众人一番捣饬之后，居然有了港片里赌神的潇洒气韵。欧洋走出宿舍，孟一飞、马驰、王小川也快步追了出来。

"你们这是干什么？"欧洋问。

"哥，赌神出门，当然要带几个小弟啦！"王小川说。

"我只是去美术社把我的画板拿回来。"欧洋说。

"没事儿，没事儿，带我们见识见识。"孟一飞一脸毕恭毕敬的微笑。

欧洋似乎已经很久没有体验过这样的优越感了。高中时期，他是老师眼里出类拔萃的好学生，是同学心中品学兼优的好榜样，是同学家长张口闭口念叨的"别人家的好孩子"，他聪明、自信、锋芒毕露。而来到水木大学之后，这一切都变了，他的成绩也还不错，但夹在高手如云的同学中间，完全没有了当初的优越感，他再也找不到学习的乐趣，而没有乐趣的生活让他消沉不已，晃晃悠悠地活在青春的迷茫中。这一切，直到方瑶出现才发生了改变，有时候，欧洋禁不住想，方瑶就像一道射进他生命里的光。

孟一飞、马驰、王小川三人站成一排，紧跟欧洋，摇摇摆摆地走在校园里，着实拉风。欧洋推开美术社教室的大门，拿了自己的画板，再回头时，却看到孟一飞、马驰和王小川三人将李社长围在办公室里。

"你们是来干什么的？"李社长怯生生地问。

"我们要做裸模！"三个人异口同声。

23

周末，欧洋赶到戏剧社时，里面已然人声嘈杂。欧洋暗下决心，下次一定要早到，尽力做好舞美的工作。舞台上高挂着墨绿色的帷幕，几个学生正忙着布置道具，演员们站在舞台一角，三三两两正在对戏。戏剧社招那天见到的那位头发稀疏的胡老师，正在台下大声指挥着。

欧洋并没有看到方瑶，便走上舞台四下张望。

"那位同学，你找谁，你在干什么？"

欧洋听到胡老师喊自己的名字，忙毕恭毕敬点头致意。

"老师您好，我是美术社来帮忙做……"

"武雄健，你下来一下！"

胡老师打断欧洋的话，朝天一指，一个干巴瘦的男生便从道具台上"趴"的一声掉了下来，像有人在砧板上拍了一条细黄瓜。

"这人是美术社过来帮忙的，你安排吧。"胡老师指着欧洋说。

"武雄健，好霸气的名字啊！"欧洋心想着，却看到细黄瓜扭着身子朝自己走过来，样子既不雄伟，也不强健，一口嗲嗲的普通话更是让他始料未及：

"哎呀，你就是欧洋噢，方瑶昨天跟我提起过你的啦。"

听到方瑶的名字，欧洋喜形于色："啊，方瑶来了吗？"

"那不嘛，那不嘛！"武雄健翘起尖下巴，朝舞台的一角指了指。

欧洋顺着下巴指的方向望过去，看到方瑶正在专心地和一个女孩对台词。

"你干什么？你啊，要是想过去跟方瑶聊几句呢，我劝你还是免了吧。"

"为什么？"

"这社里奔着方瑶来的可多了去啦！"

"啊？……"

"往年戏剧社招新，来个十个八个的就不错了，今年第一轮就过了四十多个呢。你呀，甭想那么多啦，好好干活才是真的。"

"好的，好的。"

"再说，咱们董晨社长亲自看上的人，能便宜那帮新生蛋子们？"

"哦，哦。"

"哎，我说你啊，还愣着干什么？头发整得油光铮亮的，跟刚被狗舔了似的，你真把这儿当相亲的场子啦。你听好，以后我负责所有的舞美、音控,你好好跟着我，帮忙画画背景板就成啦。还有,以后就叫我雄健吧！"

听见"雄健"二字，欧洋差点乐出声来，心想："这名字谁给起的，又熊又贱的，真好！"

24

方瑶定了闹钟，想早点起床赶到排练场，帮大家把场地打扫好。她一觉醒来，发觉窗外阳光大好，便招呼蕾蕾和黄金凤一起起床去吃早饭。三人刚刚走出宿舍，便看见董晨穿着整齐洁净的运动装，站在熊猫馆外的树下。董晨远远地看见她们，微笑着跑了上来。

"方瑶，听说你的手表坏了，我昨天到西单做宣传活动，看到这块儿表还算好看，送给你吧。"

董晨说得云淡风轻，拿出一个牛皮纸颜色的包装盒，将手表抽了出来。

方瑶心头一惊，董晨的消息真是太灵通啦，前天她的手表才坏掉，今天董晨就把新表买来送她，自己的身边怕是有他的内应吧。再看他手中的那块表，银光熠熠，一定价值不菲，看来董晨很有心地选了一个极普通的包装盒，就是想让自己能坦然接受。

"哇塞，真漂亮啊！"黄金凤大叫。

"美人配名表，真好。"蕾蕾轻叹。

董晨脸上尽是憨厚的笑意，将手表递到方瑶面前。

"这表的样子和董晨自己的那块表很像，该不会是对表吧？"方瑶心中暗想着，却没有说话，默默地观察了一番后，方才肯定了自己的猜测。就在这一刻，她忽然意识到董晨是个用心极细，城府极深的人。

"这份礼物太昂贵啦，对不起，董晨师兄，我不能收啊。"方瑶推辞。

"不贵的，不贵的，很普通。"董晨说。

"我真的不能要，这表和师兄的手表是对表吧，我觉得师兄应该慎重，这么珍贵的礼物，一定要送给将来的嫂子！"

方瑶的机敏让董晨顿时不好意思起来。为了不引起方瑶的注意，他早上特意给手表换了包装，又假装去球场锻炼，摘下了自己的手表，没想到还是被聪慧的方瑶一眼识破，看着她严肃而认真的样子，董晨只好退下阵来。

因为耽误了些时间，为了早点赶到排练场为大家清理好场地，方瑶只好从食堂打包了早餐，匆匆向话剧社走去。没想到，一开门，正看到欧洋端坐在人字梯上，认真地画着背景板，舞台地面已打扫干净，幕布后的道具也摆放得整整齐齐。而欧洋并未察觉到方瑶的到来，完全沉浸在自己的绘画中。

"欧洋。"

看到是方瑶，欧洋心中狂喜，马上一溜烟爬下梯子站在方瑶面前，尴尬的是，这当儿，他的肚子却委屈地咕咕叫了起来，不由自主地盯住了方瑶手中的早餐。

看到欧洋眼中的馋虫子直往外蹦跶，方瑶立刻心领神会，微微一笑："给你的，来得这么早，一定没吃过吧！"

"太好啦！"欧洋傻笑着说。

欧洋接过方瑶手中的塑料袋，猛咬了两大口炸馒头片，忽然觉得有些不妥。

"她怎么会知道我今天早到呢？再说，这么少的早餐，是女孩子的饭量才对。"想到这里，欧洋的脸迅速红热起来。

"快快快——赶快说点什么打破尴尬！"欧洋顾自胡思乱想了好一阵，才从塞满馒头片的嘴中，傻傻地挤出一句：

"方瑶，我听你那天读诗，你是不是很喜欢英国诗人啊？"

方瑶莞尔一笑，从书包里掏出一本《拜伦诗集》，掀开扉页，露出一行娟秀的字：

"假若他日相逢，我将何以贺你，以眼泪，以沉默。"

方瑶见欧洋看得入神，便将书推到他的面前。欧洋此刻极力回忆着班长郝彬书架上那些英国文学书籍，心想着："要是这时候，我能说一句济慈、雪莱、华兹华斯这些诗人的名句，在方瑶面前显摆一下该多好啊！"

搜索枯肠了半天，话到嘴边，欧洋却收住了，只是腼腆地说了句："真好……"

"这本我已经看完了，你喜欢，就先拿去看吧。"

排练场里的同学陆续多了起来，欧洋让出舞台，搬着人字梯，走到了幕布后面。

"原来想着送好吃的给方瑶，没想到竟被她先送了早餐，原来想着借书给方瑶，没想到自己的包里竟装着她的书。"欧洋越想越激动，竟情不自禁地轻吻了一下梯子。

"老天爷啊，你最近对我真是太厚道啦！"

25

"停停停！周萍，你知道你该从哪边下场吗？"胡老师厉声呵斥着扮演周萍的学生，为数不多的几根头发也愤怒地翘了起来。

"鲁贵，你的走位不对路，用点脑子行不行？"

"周繁漪，周繁漪，你可以下场啦！"

"鲁四凤，你要走起来，走这边知道吗？"

看着众演员在场上频频出错，胡老师越来越气，最后他双手叉腰，戳在舞台中央，鼻孔横张，大手一一指着演员的头顶说："不排啦，不排啦，你们啥时候记清楚了自己的走位，咱们啥时候继续往下排！"说罢，胡老师转身走下舞台，"哐当"一声摔门而出。

几个演员愣在舞台中央，鸦雀无声，扮演周繁漪的方瑶也羞得低下了头。这些天的排练中，方瑶常常是来得最早，走得最晚，她很少会坐下来休息，只要有时间便忙着背台词或者和其他演员对戏，怎么会想到居然会在走位上出问题呢？

"今天是怎么回事啊？"欧洋在音控室里询问武雄健。

"今儿拍《雷雨》的第二幕，一上来就是四个人物同台的大戏，走位都记不住，也难怪胡老师生气了，这帮人儿忒差劲，换我我今儿也得把门摔了！"武熊健阴阳怪气地说。

"来来来，大家不要散，咱们再试几次吧。"舞台上，方瑶依然热情地招呼着演员们。

武熊健慢慢调低舞台的灯光，一个雷雨之前的沉闷午后，悄然降临。可一连试了几次，总是有人在走位上犯错误，众人正懊恼无措，却见舞台的灯光哗的一下变亮了。

"董晨哥，你来啦！"武熊健一边招呼着，一边快速起身迎了上去。

董晨拎了一大包肯德基，步伐轻快地走上舞台，打趣说：

"怎么排练也这么严肃啊，今天这气氛，有点雷雨交加的意思啊。"

"哈哈。"众人发出了稀稀拉拉的笑声。

"来，给大家带了点好吃的，犒劳一下。"董晨说着径直走向方瑶，将打开的塑料袋捧在手里。

"哦，太棒啦！"武熊健拍手笑道。舞台上下的演员一起围了过来，将董晨和方瑶围在中间。

"方瑶，你吃一块鸡翅吧。"

"董晨团长太好啦。"

"方瑶，方瑶，汉堡给你留着。"

"董晨学长你也一起吃啊！"

众人一边闲聊一边分东西吃，名字被叫得最多的就是方瑶和董晨。方瑶推让了几下，最后还是接过了董晨硬塞过来的一个汉堡。武熊健一边吃一边将刚才胡老师生气离开的原委原原本本地告诉了董晨。欧洋远远地望着大家，并没有急着凑上前去。他在心里暗自感叹："献殷勤的人好多啊，简简单单吃一顿肯德基，却有这么多的人情世故在里面，简直比演戏还要复杂。"

董晨听完武熊健的汇报，思考片刻，转而对方瑶说：

"胡老师恐怕是一时生气，不要紧的，你跟我一起找一下胡老师吧。"

"好啊，好啊！现在就去。"

方瑶随董晨一起离开戏剧社，欧洋才慢慢悠悠从音控室走了出来。武熊健忙抓起最后一个汉堡，大咬了一口。

"欧洋，怎么样啊，看出点门道没？"

欧洋并没有应答，顿了顿说："你有剧本吗？借我看两天！"

"你要剧本干啥？"

26

一连几日，蕾蕾和异地恋的男友打电话时频频发生争执，一向开朗的她放下电话后常常泪眼婆娑。方瑶排练完只要有空，便陪在蕾蕾身边，悉心劝慰她。只是《雷雨》第二幕的四人戏排练依旧没有什么进展，胡老师常常在排练场大发脾气，这让方瑶心烦不已。

孟一飞的几张摄影作品在杂志上顺利发表，拿到了稿费，便吵嚷着要请宿舍的兄弟们去海搓一顿。

当时拍这组照片时正是六月，水木大学的池塘里荷花抽蕾，河畔绿柳依依，到处是观荷赏柳的同学。孟一飞扛着相机四下拍摄，边拍边找姑娘们搭讪，殷勤招呼她们做自己的荷花模特。一卷胶卷拍完，只拍了四张荷花。

王小川奚落他说："孟哥，你看你这品位，拍出来的姑娘连个前凸后翘的都没有。"

孟一飞说："你丫懂什么，我拍的是她们灵魂深处的内在美。"

一向沉默寡言的马驰双手合十，悠悠地说："男人啊，都是肤浅的，他们总是先爱上姑娘的罩杯，然后再爱上她们的慈悲。"

众人笑翻。孟一飞脸上挂不住，脑子却转得飞快，转移话题说，要拿荷花的照片去投稿，拿到稿费就请兄弟们大吃一顿。没想到几个月过后，竟真的传来了录稿的好消息，这让孟一飞对自己的摄影技术大为得意。

除了欧洋，众人很快聚齐。孟一飞四下寻找，终于在建筑系的绘图室里找到了欧洋。彼时，他正端坐在绘图室的最后一排，一边喃喃自语地背诵台词，一边在稿纸上画线、做标记。

"干嘛呢？走，吃饭去，哥们儿上次投稿拿到稿费啦！"

"不行，不行，我要好好熟悉剧情和人物出场。"

"不是去做美工吗，难不成你们排练还要画分镜？"

"差不多，嘿嘿嘿，改天我请你好了！还得麻烦你点事，借我一盒颜料。"

"这个好说！真的不去啦？"

"嗯！我还有好多事要办。"欧洋说着，将脸埋进桌上的剧本里。

"哎——天堂有路你不走，学海无涯苦作舟。"孟一飞拗不过欧洋，只得摇摇头离去。

众人在校外的东北菜馆里点了酒菜坐定，却看到其他的餐桌边都坐了一两个女孩子，大家说说笑笑好不欢乐，唯独他们这桌，光秃秃坐了一桌"棍僧"。

王小川提议说："要不咱们去找个女生联谊宿舍吧？"

众人不语，齐刷刷望向郝彬，郝彬一本正经地说："都上大四了，要一门心思用在学习上！"

众人一语不发，恶狠狠地瞪着郝彬。末了，郝彬红着脸淡淡地说："好吧，我让秋月在京北大学找找看！"

"班长万岁！"孟一飞、马驰、王小川异口同声欢呼！

隔壁桌立刻传来异样的眼神，孟一飞并不理会，端起酒杯，嘴上闪过一丝坏笑，高声说："有了联谊宿舍，咱们可以一起组织喝酒——女生不喝醉，男生没机会！"

"万岁！"

众人各自端起酒杯，鬼哭狼嚎般嗷叫不止。

四人返回宿舍时已近凌晨，欧洋仍不知所踪。借着酒意，大家很快睡熟，凌晨三点钟，孟一飞迷迷糊糊地醒来，听见欧洋嘴里嘟嘟囔囔说着些奇怪的话。他轻轻下床，坐在欧洋床边屏息听着，只听得欧洋颤巍巍地说："你是新来的下人吗？"

孟一飞吃了一惊，暗想："这小子该不会做梦都在背台词吧？"

他张大耳朵，轻轻伏在欧洋的唇边，准备记下欧洋的梦话，只听得欧洋大吼一声：

"我是来找我女儿的！"

孟一飞吓得一屁股坐在了地板上。

27

清晨，方瑶刚走进排练室，便听到演员们七七八八的议论声。

"这是谁画的？"

"不同的角色，用了不同颜色的标线？"

"好主意，这下排练不会出问题了。"

"聪明！不同的站位点，还标记出了数字。"

方瑶缓缓走上台阶，只见舞台上有人用不同颜色的线条，清晰地标注出了演员们的走位次序和线路。

"周繁漪是红色，鲁贵是绿色，鲁四凤是蓝色，周萍用了白色——真是好有心啊！"方瑶暗想："会不会是欧洋呢？"

"这个办法不错，你们要是一直这么聪明，咱们早把这场戏排练好啦！"胡老师一向严肃的脸上，终于生出了几条慈祥的皱纹。

"那是，那是，能帮上点忙就好！"武健雄满脸堆笑。

方瑶远远地望向正在梯子上画背板的欧洋，欧洋脸上微微一红，微笑了一下，旋即低下了头——这羞涩的样子，让方瑶更加确认是欧洋一大早帮演员们画出了走位线。

"欧洋儿，你先下来一下呗。"武熊健奶声奶气地呼唤他。

"熊健哥，什么事？"

"以后，你要决定做啥事，先跟我打声招呼，自作聪明可不好，别忘了你就是一临时帮忙的舞美！"

欧洋被他说得又气又恼，顾自爬上人字梯，看到方瑶已然上场，索性双手托腮，呆呆地望着她。

经过前几日突击，欧洋已将台词烂熟于心，方瑶在舞台上说一句，欧洋便张大嘴巴对着口型重复一句。方瑶很快发现欧洋能记住所有人的台词，甚至有的演员在舞台上临时忘词，欧洋依然能神采飞扬地将口型对得精准无误。

"鲁贵，鲁贵，鲁贵跑哪儿去啦？"胡老师黑着脸，在舞台中央诘问。

"他，他……胡老师，演鲁贵那个人昨天急性阑尾炎发作，被送医院了，估计咱们组得临时换人了。"

"换人，说得轻巧，这让我怎么办？马上就要公演了，我去哪儿抓一个鲁贵来配戏？"胡老师十分生气。

"胡老师，能不能让他试一下？"方瑶用手轻轻指了指坐在人字梯上的欧洋。

"他？"胡老师一脸疑惑。

"他已经把台词完全背下来啦！"方瑶兴奋地说。

"你，下来试试吧，快一点！"

欧洋跳下爬梯，怯生生地走上舞台。他正欲推辞，却看到方瑶乌黑闪亮的眼睛里满是期盼。欧洋深吸了口气，紧张地沿着划线踱上舞台，和扮演周萍的演员一句一句对起了戏。台词果然被他记得精准。欧洋心生得意地望向方瑶，却听到胡老师冷冷地说：

"鲁贵，你这个道白感觉完全不对路！去后台道具室里找一面镜子，好好找找老头的感觉吧！"

欧洋失落地走进后台的道具室，在化妆椅上坐了下来，对着镜子大声诵念着台词，可依然没什么感觉，他索性一个个拉开化妆椅上的抽屉来打发无聊。忽然，一个白发苍苍的假发套引起了他的好奇。

欧洋拿出发套，掸了掸上面的灰尘。接着，又从旁边的抽屉里翻出了一绺假胡子——一个奇妙的想法迅速诞生在他脑海中。对着镜子，欧洋戴正了发套，小心翼翼地在自己的上唇和下颌上贴好假胡子，又用眉笔在脑门上轻轻勾描了几道皱纹，然后慢慢弓下背，凝视着镜子中苍老的自己，整个人都松弛了下来。

舞台两旁灯光幽暗，演员们发现扮成老头的欧洋时，忍不住笑出声来。欧洋并不理会，沿着自己的走位线走上舞台，在一片窸窸窣窣的笑声中望向方瑶，他忽然想起方瑶在借他那本书封面上写下的诗句："假若他日相逢，我将何以贺你，以眼泪，以沉默。"

欧洋顿时觉得眼眶红热，一开口却是一副沧桑老迈的声腔，所有演员都安静了下来。

28

因为得到了胡老师的表扬，排练之后，欧洋疾步蹿上宿舍楼，一边嗷叫，一边挥舞着手臂，像个开心的大马猴。想起前日曾错失了孟一飞组织的聚会，欧洋回到宿舍，便拉着孟一飞要单独请他去吃小桥煎饼。一听说去吃煎饼，王小川光溜着身子，急忙跳下木床，抓起一件红背心，也跟了出来。

三人吃完煎饼，说说笑笑走回宿舍，已经临近十二点，到了学校宵禁的时间。没有月，夜色幽深如墨，秋风凉飕飕地撩在身上，像泼下了一瓢瓢凉水，让人禁不住浑身打颤。王小川在冷风里裹紧背心，哆哆嗦嗦地跑在前面。

"啊！快过来，那边有两个女生跳墙头啦！"王小川压底声音，转头望向欧洋和孟一飞。

欧洋和孟一飞跟随王小川来到学校围墙边的柳树下，只见两米左右的墙头上，影影绰绰坐着两个女生。一个女生左右张望了一下，嗖一声纵身跳了下去。

"好身手！"孟一飞禁不住小声喝彩。

落地的女生麻利地从地上爬起来，拍拍双手的尘土，朝墙头上轻声喊：

"跳啊！不然要被发现啦！"

"我不敢，我不敢。"

"不高的，你别怕，我会接住你的！"

"我真的不敢……"

夜色昏沉，欧洋看不清两个女生的模样，只觉得墙头上那女孩的声音听起来很像方瑶，正想着凑近一点看仔细，忽然看到身后射来一道强烈的白光。

"谁在那里？"一个中年阿姨的声音。

"啊！——"白光一晃，那墙头上女孩顿时乱了方寸，应声跌下。

欧洋这才发现，那女孩竟真的是方瑶。他忙捅了捅身边的王小川，压低声音说："快！把你的红背心脱下来！"

"啊？！"王小川不明所以。

拎着手电筒的宿管阿姨越走越近。欧洋顾不上多说，直接上手扒拉下王小川的红背心飞快地缠在手臂上，然后拉起孟一飞，一起跳出柳树林，挡在阿姨的面前。

"阿姨，没事，没事！我们是学校巡查队。"欧洋紧张地指着箍在自己左臂上的红背心说。

"阿姨，我们是例行检查，没什么事，刚刚就是一只野猫，您老放心吧！"孟一飞躲在欧洋身后，夸张地笑出了满脸褶子。手电筒的光打在他的脸上，晃晃悠悠像冒着热气似的，让整张脸看上去就像一只刚出笼屉的热包子。

好在阿姨只是简单问了几句便匆匆离开。欧洋正想着去问候方瑶，却听得孟一飞"哎呦"一声，蹿出去老高。

"哎呦，谁掐我后腰？"孟一飞喊。

"谁是野猫，你说清楚？"蕾蕾怒道。

"我这不是为了掩护你们吗？"孟一飞捂着后腰说。

"方瑶，你没事吧？"欧洋关切地问。

"哎，我从小就恐高，不过还好只轻轻扭了下脚，谢谢你们。"方瑶说。

"不客气，不客气，这是我们应该做的！"孟一飞朝欧洋眨眨眼睛。

"方瑶，你的脚还能走路吗？我送你回去吧。"欧洋问。

"有蕾蕾在，没关系的。"方瑶说。

蕾蕾扶着方瑶转身离开，孟一飞忙拉住欧洋，伏在他肩上有些羞涩地耳语：

"欧洋，帮我向方瑶打听一下那个短发女孩的情况啊！"说完，孟一飞一把将欧洋猛推出去。

"还是我去送你们吧，这样安全一点。"欧洋被孟一飞推出一个趔趄，险些摔倒，只得拍拍脑袋，憨笑着说。

孟一飞折回柳树林，只见王小川光着膀子，蹲在树下，好像地里刚长出来的一根葱。

"我背心呢？"

"在欧洋那儿啊！"

"我去要回来！"

"回来！"

孟一飞一手拉住王小川，一手捂住他的嘴巴，将他猛按在地，悄声说：

"欧洋有大事要办，戴着你的背心，他们安全点。"

王小川大惊失色，抹了抹额头的汗水：

"孟一飞，你给我下来——真被你吓死了，刚还以为你要在这夜黑风高的柳树林里对我施暴呢！"

孟一飞双颊红热，深深地叹出一口气："不要胡说！我已经有意中人了。"

29

回到宿舍后，孟一飞点燃一支蜡烛坐在床头，对着他床头的酒井法子海报双手合十，喃喃自语。

王小川问："这是要给谁祈祷啊？"

"我要告诉我的偶像，我终于找到了和她一样的女孩啦。"孟一飞眉飞色舞。

"是谁？"王小川问。

"就是刚刚的那个短发女孩，她叫——叫蕾蕾。"

"可酒井法子明明是长发啊？"

"这你就不懂了，我说的是感觉，是气质，是水汪汪的眼睛里让人心疼的眼神儿……"

孟一飞正说着，却看到欧洋轻轻推门进屋，他赶忙坐起来，跳下床，凑到欧洋身边：

"怎么样？都打听清楚了吗？那女孩叫什么名字？哪个专业的？有没有男朋友？"

欧洋故意慢条斯理脱下衣服，懒懒地说：

"当着那姑娘的面，我怎么好意思问啊？"

"欧洋，你这可太不够哥们儿，太不够意思啦！"

"嗯，不过把她们送到宿舍门口的时候，我跟方瑶说要再留一下，谈谈戏剧社的事。"

"嘿嘿，就知道你小子最有办法、最讲义气啦！"

"那女孩是英语系的新生，跟方瑶一个宿舍的，叫张蕾。"

众人一听，全都来了精神，纷纷伏在枕头上，拉长耳朵。

"有没有男朋友啊？"马驰和王小川异口同声。

"我和我家小蕾的事，你们瞎激动啥？"孟一飞说。

"有的！不过你真幸运，今晚刚分手。"欧洋望着孟一飞补充说，"今天张蕾的男朋友打电话提出的分手，她想不开，跑到学校外哭了一晚上，是方瑶把她找回来的。"

"难怪眼睛肿得那么高，眼里都是泪水。"孟一飞自言自语。

"原来只是前男友，太好了，这次小孟的机会来了。"郝彬说。

"那也不一定！每一个前男友都是拆迁户，有时候人走了，还在姑娘心里留着一座违章建筑。"马驰说。

"拆迁户还好，要是钉子户可就麻烦大了！"王小川说。

众人听罢，哈哈大笑起来。

孟一飞也不争辩，蒙着被子倒头睡下，过了一会儿，突然深情地说："我是真心的，请大家祝福我们。"众人又是一阵大笑。孟一飞忽然钻出被子大声说："我觉得咱们得跟方瑶宿舍搞联谊活动——欧洋，这事就靠你啦！"

30

　　第二天下午一下课，孟一飞便心急火燎地骑上自行车直奔英语系教室。一连打听了几个新生，才知道原来蕾蕾是学校新生排球队的队员，下课之后，已经在排球场训练了。

　　孟一飞在排球场外停好自行车，双手紧紧扒住铁丝网向上爬了一截儿，四下张望着。忽然，他发现了不远处身着红色球衣的蕾蕾，只见她托起排球，高高跃起，轻盈地打出了一记跳发球。皮球高速旋转着飞过球网，划出一道短弧，直坠地面。

　　"帅！"

　　孟一飞忘情地拍手欢呼，谁知双手刚刚松开铁网，身子径直跌了下来，鼻头被铁丝网擦得生疼。

　　"应该把蕾蕾拍下来。"想到这里，孟一飞迫不及待跳上自行车，飞驰回宿舍，挎上相机又一路狂蹬回球场。

　　"老师，让我进去拍几张照片行吗？我们校报记者团最近想做一期女排的报道。"孟一飞气喘吁吁地对看门的女教练说。

　　"行，白线以内不要进，小心伤到你。"

孟一飞调整好镜头，选好位置，便蹲在地上对着蕾蕾拍了几张。他觉得蕾蕾打球的样子飒爽极了，上下翻飞，像一只欢快的小燕子，滑白大腿高高跃起，宛若凌空亮剑。孟一飞不知不觉地向前走近了几步，仰面躺在地上，将相机紧贴在自己脸上咔嚓咔嚓。

　　"同学，你快出来，快出来！"

　　看管球场的阿姨在一旁惊呼起来。孟一飞放下相机，刚想回应，却不想正好被一只飞来的排球砸中头顶，疼得差点昏倒过去。

　　"哈哈哈哈！"

　　女排队员们发出清脆的笑声。孟一飞赶忙用相机遮住脸颊，挣扎着爬起来时，还不忘再按几下快门。

　　隔天下课后，孟一飞又骑着自行车来球场拍照。远远的，他竟然看到蕾蕾和董晨站在球场外聊天。孟一飞妒火顿生，心中暗想：

　　"这个董晨实在太恶心，自己在京北大学有女朋友，还不忘来勾搭方瑶和蕾蕾。"

　　转念间，他恍然大悟："噢！一定是他托蕾蕾帮忙，帮他暗中追求方瑶。我得赶快告诉我家蕾蕾，让她早点看清董晨这家伙的嘴脸。"

　　孟一飞越想越气，猛蹬着脚下的自行车，朝董晨的方向直冲过去。

　　"同学，快让开，快让开，我的车子——没——有——闸！"孟一飞假装车子失控，高声惊呼起来。

　　眼看自行车就要撞到董晨，孟一飞忽然想到自己的脖子上还挎着心爱的进口相机，他忙双手松开车把，死死地抱紧相机，一个骨碌跌下车座。彼时，董晨听到呼喊吓出一身汗来，眼看自行车要撞到自己，蹬车人却突然双手大撒把，纵身跃下，连人带车硬生生砸在了水泥地上，不觉倒吸一口冷气，暗自感叹："这哥们儿是哪里人，竟然如此怪异，如此生猛？"

"哎呀，怎么办啊！"排球场上的女生们也都吓得惊呼起来。

孟一飞磕破了双膝，鲜血直流，眼看着蕾蕾跑过来，忙"哎哟，哎哟"痛嚎起来。

"同学你怎么样？"董晨问。

"同学你没事吧，要不要上校医院？"蕾蕾问。

"要，要，太需要啦！"孟一飞大喜，急忙应和着。

"董晨师兄，你先带他去校医院吧，我帮他去装一下车链子，随后来。"蕾蕾说。

孟一飞挎着相机，被董晨扶着一步一瘸地向校医院走去。他不住回头向后张望，夕阳把蕾蕾的身影拉得很长，在她雪白的双腿上涂上了一层橘色的油光。孟一飞心头一热，差点失声高喊："姑娘，拍张照片再走吧！"

校医院的医生用棉签给孟一飞的双膝涂上了紫药水，董晨似乎还沉浸在刚才的惊吓中，站在墙角一言不发，孟一飞不住向窗外张望，却始终不见蕾蕾的身影。

"好啦，同学，没事啦，你可以回去啦！皮外伤，不要紧！"

"可是医生啊，我两条小腿也很疼，哎哟——真的特别疼，你说会不会有骨裂什么的？"

医生正在迟疑，孟一飞急忙抓起药瓶，将半瓶紫药水倒在两条小腿上，迅速涂抹均匀，将两条腿抹得跟一对长条茄子似的。

"医生，我刚觉得我内伤很严重，现在上了点药，已经好多了。"

蕾蕾终于推着自行车赶到校医务室，董晨忙起身说："把车子还给他吧，我还有事要赶去一趟京北大学。"

　　孟一飞忙插话："你是去看你女朋友吧，董晨团长？"

　　董晨并没有理会孟一飞，只是淡淡地向蕾蕾说了声"我先走了"便消失在苍茫暮色中。

　　孟一飞得意地用眼神扫过蕾蕾，本想趁势揭穿董晨两面三刀的嘴脸，却听蕾蕾问道：

　　"同学，你这自行车车闸灵得很啊，刚刚是怎么回事？"

　　孟一飞一时语塞，竟羞得满脸通红，连忙假装双腿疼痛，大呼"哎哟"！

31

欧洋一大早被电话吵醒，叫他提前去戏剧社开临时会议。他到了剧社，那里已经集聚了不少演职人员，武雄健和董晨都在，方瑶也匆匆赶到了。

武雄健说："演出很快要开始了，前段时间饰演鲁贵的周建设同学突发急性阑尾炎，舞美欧洋同学顶替了几场戏，现在周建设同学回来了，我们要决定谁来参加正式的演出。"

董晨接口说："听说欧洋同学最近一段时间进步很快。"

"欧洋不错。"

"欧洋还行啊！"

"我也觉得欧洋还成。"

众人叽叽喳喳议论起来。董晨伸出双手，向下按了一下，缓缓说："新生汇报演出是一件大事，在咱们水木大学的社团活动中，历来深受学校、老师、同学们的重视。欧洋虽然不错，但毕竟从前没有什么舞台经验，一上来就参加如此重要的演出，会不会因为紧张发挥失常，影响了整个团队的荣誉？"

"有道理啊！"

"确实如此，欧洋没有舞台经验啊。"

"还是团长考虑周详。"

排练室里又传来一片杂乱的议论声。武雄健扭动着腰肢，走到舞台中间，大声说："我个人的意见是选周建设同学，欧洋嘛，舞美的工作基本结束了，如果还想留下来，可以做替补演员。"说罢，眯着眼睛，笑嘻嘻地望向董晨。

　　欧洋顿时像泄了气的皮球一样低下了头，一言不发地戳在众人之中。

　　"不如让大家投票选择吧？"人群中有人高喊了一声。

　　"投票？"

　　"演戏这种事，怎么能投票呢？"

　　"还是投票好，我觉得投票最公平。"

　　众人七嘴八舌争论起来。

　　"如果投票的话，我愿意做监票员！"人群中，方瑶忽然举手示意。她这一说，很多人也都积极响应起来。

　　"投票好！"

　　"投票吧。"

　　"同意投票的举手啊！"

　　舞台上的武雄健略带尴尬，无奈众人已吵嚷起来，他只得裁开一些小纸片，分发给演职人员，请大家各自投票。董晨郑重地说："选角色这事，本来不应该投票决定，但是演出关系到集体的荣誉，请大家慎重考虑两人的表现，认真投票。"

　　选票很快被回收了上来，方瑶监票，武雄健计票、唱票。欧洋心中翻江倒海地听着，一言不发。没想到第一轮结果竟然是票数相等，众人哗然。方瑶忽然说：

　　"哦，刚刚我忘记了，我还没有投票，这一票我投给欧洋！"

　　欧洋心中大喜，却听得董晨说："噢！我也忘记投票了。方瑶你别怪我，为了全社的荣誉，我这一票投给周建设。"

众人望向方瑶，她只得无奈地点了点头。欧洋的脸颊涨得通红，他觉得此刻让方瑶为难，远远比让他自己难堪更让人沮丧，正欲主动登台要求退出竞选，却听得教室背后传来一声大喊：

"如果要投票，我投给欧洋。"

众人齐刷刷地向后望去，只见胡老师站在戏剧社的排练室的后门，双手叉腰，目光如炬。他稀疏的细发如水草般一簇一簇招摇在金色的晨光中。欧洋觉得，这从前"中央不长"的鸟巢头，突然那么亲切，那么可爱。

32

"飞哥，你这是跟姑娘磕头磕了几里地，才能磕出这样的水准啊？"

欧洋还未走进宿舍，就听到王小川在屋里打趣孟一飞。

"你不懂，这是真爱！"孟一飞看到欧洋来了，补充说："我觉得我跟蕾蕾的缘分很深。第一呢，我投稿的第一篇作品就叫《荷之蕾》，正好是她的名字，第二呢，我看到她的第一眼就确定她是我的真爱；第三呢……"

"第一印象，往往是不靠谱的。我头一回见到班长，还觉得他是一个特正直特神圣特热爱文学的人呢！"王小川抢着说。

郝彬放下手中的书，恶狠狠地瞪了王小川一眼，清了清嗓子，念起书上的诗句：

"浅水是喧哗的，深水是沉默的。饥饿和爱情统治着世界，春天来了，蚊子还会远吗？"

众人哈哈大笑起来。孟一飞并未理会，只是把两条长茄子腿翘得老高，埋头看着一本名叫《怎样打排球》的书。

"孟一飞，你不是搞摄影的吗？怎么突然想起来学打排球啦？"欧洋说。

"那还不是为了我家蕾蕾嘛！这叫做知己知彼，百战百胜。"孟一飞顿了顿，一脸严肃地对欧洋说："欧洋，你得多提防那个董晨，他对方瑶追求得很紧啊。"

"嗯！从现在起，我将尽更大努力，花更多的时间，和方瑶待在一起！"欧洋说。

"你要干啥？"孟一飞问。

"对——戏！"欧洋挥舞着拳头说。

"好！从现在起，我将尽更大的努力，花更多的时间缠住蕾蕾，保障你和方瑶单独相处！"孟一飞说。

"一言为定！"

确定了演出时间，接下来的日子，欧洋可以光明正大地约方瑶对戏，在落叶缤纷的银杏树下，在寂静无人的校园长廊中，在空旷高远的足球场上，在碧波轻漾的荷花塘旁，都留下了他和方瑶欢乐说笑的影子。

有天对完戏，已然夜色深沉，欧洋便约方瑶一起去食堂吃饭。正是这间食堂让方瑶和欧洋偶遇，才有了后面的故事。欧洋悠悠地想着，正要下筷子，忽然发现自己的饭碗中有一粒黑色的米虫。他正欲拿着饭碗找食堂的师傅理论，转念想到这也许会让方瑶觉得尴尬，跟着恶心，便重新坐定在椅子上，抢过方瑶手中的碗筷说道：

"走吧，我带你去吃小桥煎饼。"

"那这饭菜怎么办，太浪费了。"

"嗯……正好孟一飞让我帮他带饭，他最近相思病发作，每天琢磨着怎么打排球，简直下不了床。"

"哈哈，是因为蕾蕾吗？"

"当然，相思成灾！"

"欧洋，你为什么那么爱吃煎饼呢？"

欧洋憨笑起来，露出一口粲然白牙，顽皮地比划着双手：

"因为人生就像煎饼一样啊，不来回多翻腾几下，怎么能成熟呢？"

33

戏剧社排练了半个学期的话剧《雷雨》，终于迎来了首演，水木大学的小礼堂里挤满了来看话剧的同学。孟一飞在人群中找了好久，终于挤到了蕾蕾的旁边。

"哎，蕾蕾，你说咱俩多有缘啊，看个话剧也能遇到。"孟一飞笑嘻嘻地说。

"猿粪？是牛粪吧。"蕾蕾说完，便不再理会孟一飞，顾自沉浸在表演之中。

人越聚越多，虽然已是初冬时分，天气寒冷，小礼堂里却让人觉得分外暖和。

孟一飞蹭出人群，过了一会儿又提着两瓶"北冰洋"挤到蕾蕾旁边。

"这里人挤人的太热了，喝瓶汽水降降火吧。"

孟一飞反复让了好几次，蕾蕾才接过汽水。孟一飞刚想自己也喝一口，却看到蕾蕾旁边的黄金凤正眼巴巴地看着自己，于是忙将手中的那瓶汽水递了过去。

"蕾蕾，咱们都见过好几面了，我还没正式介绍过自己。我叫孟一飞，建筑系大四，台上那个演鲁贵的老头是我同一个宿舍的兄弟。我身体健康，品貌端庄，喜欢打排球，热爱摄影……"

"闭嘴，你是来看话剧的，还是来演话剧的？"

"我主要是来看你的，嘿嘿，我想找你商量一下联谊宿舍的事。"

"没门！"

"别这么草率啊，你看啊，联谊宿舍的好处特别多，周末可以一起玩儿，平时呢，帮打个水啊，买个饭啊，占个座啊，送个东西啊，这些小事统统都能帮你们搞定，完全不用你们操心。你要是不放心呢，咱们可以先定个试用期。"

"那就从帮忙拿衣服开始吧！"蕾蕾说着，取下了红色围巾和绒线帽交给孟一飞，补充道：

"从明儿起，先打半年开水试试看！"

"那太好啦！"孟一飞憨笑起来，看到扮成鲁贵的欧洋佝偻着腰走上舞台，忙对蕾蕾说："那就是我们宿舍的欧洋，你看，演得多好！"

"噢！原来你那天骑车撞人是为了成全你们宿舍的兄弟啊。"

"不是，不是，那天纯属意外……"

"切！有胆做，没胆认！"

黄金凤喝完汽水，将空瓶递回到孟一飞的手中，蕾蕾趁机绕到黄金凤的身后，侧过身子，不再理会孟一飞。

舞台上，方瑶扮演的周繁漪一亮相，就引起了同学们的轰动。灯光慢慢幽暗下来，掌声渐息，背景墙上灰白的天空在灯光的映衬下，让人觉得有些恍惚和沉郁。方瑶轻轻地倚在窗前，开始了一段沉静却有力的独白：

"我深深地相信，我将用我一生的全部来爱一个人，我的哭，我的笑，我的任性，我的温柔，我的无私，我的贪婪，我的疯狂，我的安静，我的执迷不悔，我的午夜梦回，在凡俗世间，用尽我的天真……"

台下掌声一片，欧洋站在幕布之后，静静地听着，心想：方瑶完全不是在表演，而是一个女孩，一个女人，一个在爱情面前奋不顾身的人的真情流露，她是那么自然，那么深情，却又那么有力，能赢得这样一个女孩的爱情，该是一件多么幸福的事。想到这里，欧洋竟觉得眼眶一阵红热，他暗暗发誓，要将这个晚上永远记在心中，在凡俗的世间，也要做一个用尽天真来深爱的人。

演出结束后，灯光大亮，帷幕长开，胡老师已带领所有的演员站成一排，向台下的同学们挥手致意。台下掌声雷动，还有人高声呼喊着"繁漪，繁漪"！董晨手捧着一大束鲜花，在掌声和欢呼声中，径直走上舞台献给了方瑶。

孟一飞大骂："他奶奶的，董晨这家伙，是在窃取革命果实！"

蕾蕾本想还击孟一飞，却看到他拿着自己的围巾飞快地冲上了舞台。

台上的欧洋完全懵了，只见孟一飞大步流星朝自己走过来，挑直了手中的红色长围巾，像献哈达似的把围巾围上了自己的脖颈。

王小川带头在台下尖叫起来："欧洋,欧洋——欧洋！"气氛更加热烈。孟一飞得意地连连向董晨眨着眼睛。董晨顿了顿，对身旁的方瑶说："方瑶，明天我们和隔壁的京北大学一起弄了个草坪歌会，邀请你来参加。"

"好啊，好啊！"方瑶开心应允，转而望向欧洋问："欧洋，你有兴趣明天下午一起来玩吗？"

欧洋犹豫了："我，我，不一定……"

"谁说不一定，我们一定来！"孟一飞使劲竖起食指，信誓旦旦地对董晨说。

34

翌日午后，阳光斜斜地映在二校门外的大草坪上，这里围坐着很多京北大学和水木大学里热爱音乐的同学，乐手们围成小圈，听众们围成大圈，人群一簇一簇，好不热闹。

欧洋、孟一飞、王小川三人一路兴致勃勃地向草坪走来。

"这京北大学学生就是不一样，女生又多又好看。"孟一飞说。

"啥时候有好看的姑娘能爱上我啊？"王小川顾影自怜。

"我觉得，这世界对男生总是更宽容一点：看到美女跟了丑男，就觉得那女孩一定爱上了男生的才华，那叫郎才女貌；看到丑女傍了帅哥，又会觉得这男生为了爱情奋不顾身……"欧洋正说着，却看到一个大帅哥将手扶在一个肥丑女生的腰间，从他们身边缓缓走了过去。

王小川瞟了一眼，说："我觉得，这哥们哪是为爱奋不顾身啊，简直是见义勇为了！"

孟一飞和欧洋大笑。欧洋说："对姑娘来说，这草坪和木琴简直是绝配。"

王小川说："是啊，对姑娘来说，孜然和羊肉也是绝配，煎饼和葱花也是绝配……"

孟一飞说："你丫就知道吃。"

三人说笑着走到了大草坪，欧洋看到方瑶，便径直走过去站在她的身旁。一个戴眼镜的清瘦男生，夹着一柄吉他，轻声弹唱：

我将春天付给了你

将冬天留给我自己

我将你的背影留给我自己

却将自己给了你

我将生命付给了你

将孤独留给我自己……

身旁的女孩们都微眯着眼睛，在这轻柔的弹唱声中，慢慢地摇摆着身体。微风习习，方瑶的发梢扬起，轻轻抚过欧洋的面颊，像是有一只温和的小手，在这里撒播了一把青春痘似的，让欧洋的脸上扎扎的，痒痒的，有一种要破土发芽的冲动。

吉他不久被传到站在欧洋对面的董晨手中，掌声响起，董晨大方地向众人点头示意，最终却死死盯住了方瑶。方瑶羞红的脸颊上，绽出了一个精致的小酒窝。

怎么会迷上你

我在问自己

我什么都能放弃

居然今天难离去

你那么美丽

哦——你可爱至极

哎呀灰姑娘

我的灰姑娘……

众人沉浸在董晨的弹唱中，一首歌唱完，掌声四起。有人高呼：

"歌词好啊！"

孟一飞在心中暗骂："奶奶的，什么好啦，分明就是赤裸裸的献殷勤！"他正想着如何奚落董晨几句，却看到董晨已经将吉他递给了欧洋。

"欧洋，你也来一首吧。"

"我……"

"你难道是不会弹琴啊？"

"我……"

欧洋很想立刻开口，在人群中大方地承认自己不会弹琴，却又害怕看到方瑶失落的眼神，只好羞愧无言地低下头。

"来吧，我们继续听歌吧。"方瑶接过琴，又转手递给另一个男生。

欧洋觉得此刻自己双颊红热，正想着该如何脱身，却听到身后传来班长郝彬的声音：

"哎呀，欧洋，你怎么在这里啊？你爸爸到了，人在宿舍呢，真让我好一顿找啊！"

"好，我马上回。"欧洋轻声回应了一句，便像得了救命稻草似的，立刻转身走出人群，头也不敢向后张望一下，默默走开了。

35

欧洋匆匆赶回宿舍，看到父亲正坐在他的床铺上，戴着老花镜，认真翻着孟一飞送给他的那本《泡妞秘籍》，听到他进门的声音，父亲放下手中的书，严肃地说：

"欧洋，你大四专业课这么紧张，还有时间看这种书？"

"呃……"欧洋迟疑了一阵，忙转移话题说，"爸，您怎么来啦？"

"我出差路过北京，顺便来看看你，你学习怎么样啊？"

"还行吧……"

"还行吧？你别忘了你当年可是咱们市里的高考状元！"

"我学习挺努力的，老上晚自习。"

"哎，等等，你好像看上去哪里不对劲。"父亲对着欧洋的脸端详了片刻，问他，

"你眼镜呢？"

"我戴了隐形眼镜！"

父亲下意识地低头看了看手上的书，又看看欧洋的脸，说："你是处女朋友了吧，这么臭美？"

"没有，没有。"父亲的话瞬间让欧洋想到了方瑶，想到方瑶，欧洋便乐得合不拢嘴。

"爸，您就甭操心我的学习啦，我都上大学啦。"

"学习并不是上大学的全部，但专业课绝对不能敷衍，否则将来找不到工作坑的还是你。"

"知道啦。"

"这次路过北京，我想去见一下你蒋叔叔，看看能不能你毕业之后，把你留在他们北京的设计院。"

父亲说着，将床下的一个黑色提包，抽出来，递给欧洋。

"工作的事先不急着说，这是什么呀？"欧洋问。

"你妈妈让给你带的，工作的事你还得提前考虑，好好计划着。"父亲说着，从上衣的口袋里摸出 300 块钱，递给欧洋说：

"省着点用啊，咱们家也不富裕，供你读书的钱，都是省吃俭用来的。"

欧洋和父亲周旋了半天，黄昏时分，才将父亲送到了学校门口的公交车站。看着父亲坐上公交车，缓缓驶入苍茫暮色，不由暗自感叹：

"父亲真的老了，是该自己赚钱养家孝敬他的时候了。"

欧洋回到宿舍，一推门却被眼前的景象惊呆了。只见郝彬、孟一飞、马驰、王小川四人如搓麻将一般，围坐在一张小木桌旁。木桌上摆放着父亲捎给他的黑色书包，以及一袋鱼干、一袋虾干、一袋海螺肉干和两瓶牛栏山二锅头，正吃喝得津津有味，看到欧洋推门进来，瞬间像被截屏了似的，定在空中，鸦雀无声。

"来，来，欧洋，添双筷子添只杯子一起喝啊！"班长郝彬说。

"你们怎么知道这包里是好吃的？"欧洋问。

"老小说的啊！"孟一飞补充道："老小说的啦，家长来探监，不是糕点就是海鲜。"

欧洋弯下腰，捏起两个虾仁，放进嘴里，边嚼边说：

"老孟，别吃啦，跟我出去走一趟！"

"干啥呢？"孟一飞问。

"我要买吉他！"欧洋一字一句地说。

36

孟一飞陪欧洋坐公交车去了市中心的商场，转了好一阵，最后选定了一把120块钱的红棉吉他。选好吉他，欧洋眯着眼睛，小心地用手指肚捋过琴箱，轻轻地试着拨了几下琴弦。孟一飞忙极配合地点头说："有前途！"

欧洋从上衣内侧的口袋里摸出父亲留给自己的钱，颤颤地交到售货员手上。

"肉疼吗？"孟一飞说。

"值！"欧洋摸摸胸口说。

"这世界上的事儿真有意思，女人因为艺术而喜欢男人，男人因为喜欢女人而成为艺术家。"孟一飞说。

"这句话很马驰啊！走，咱们去书店！"欧洋说。

两人很快倒车去了新华书店，已经快到了打烊时间，孟一飞一边鞠躬，一边连喊了几声"阿姨"，两人才被放进店里。找了好一阵，欧洋还是不知道究竟该买什么教材，便问服务员："你知道哪儿有卖吉他简谱的吗？"

"没听说过，吉他还有简谱的？"服务员回应说。

欧洋下意识地摸了摸身后的吉他，问："那一般学吉他都买啥书看啊？"

"跟我过来吧。"阿姨向前走出十几步，随手在书架上抽出一本《小林克己吉他教室》甩在欧洋和孟一飞面前。

"鬼子写的书，咱们能看懂吗？"孟一飞张大嘴巴说。

"你们露怯了吧，这本小林克己可是吉他界的神书。"服务员拖着一口油滑的京片子，补充说，"唐朝乐队知道吗？当年丁武学琴的时候，都研究过这本书。"

"看来我们是问对人了，您道行真深。"欧洋满脸堆笑。

"欧洋，我早就说过啦，姑娘们都爱吉他啊——绝对的老中青通吃啊！"孟一飞耸耸肩膀说。

两人谢过服务员，兴奋地冲进夜色。朝阳路上车流涌动，车灯闪闪发亮，像坠入人间的星河一般，从天桥下缓缓流过，涌聚在璀璨的远方。冷风扑面，像小飞刀似的，在脸上千刀万剐，冻得欧洋和孟一飞在天桥上飞快地跑了起来，欧洋举起吉他，高高跃起，大声呼喊着：

"吉他一出，姑娘全扑！"

37

那段日子里，孟一飞每天下课后，便第一时间冲向熊猫馆守株待兔，等蕾蕾返回宿舍后，便央求着她把水瓶拿下来，然后孟一飞勤快地拎着三只水壶直奔热水房，灌满热水，再一路美滋滋地赶赴熊猫馆，风雨无阻，绝不迟到。

偶尔遇上他在宿舍里值日、打水，孟一飞便求欧洋跟他一起，用一根长拖把，把两个宿舍的8只热水瓶，串冰糖葫芦似的串在一起。彼时，欧洋完全沉浸在小林克己的吉他教材里，常常是一手握着拖把把，一手还要紧握教材，抬起他们巨大无比的"糖葫芦"，一路横行在校园中。

有一天，欧洋和孟一飞一起到水房抬水，那天的同学特别多，众人排起长队，像条毛毛虫似的缓慢蠕动着。孟一飞一边焦急地看手表，一边不住地向前张望，生怕耽误了蕾蕾上自习的时间。好容易快轮到了他们，前面那个女孩却怎么也拔不出热水瓶的木塞来。

女孩转过身向孟一飞求救，柔声细气地说："哎，同学，这个塞子，我打不开啊。"

欧洋心想："这要是半年前的孟一飞，肯定得马上窜过去，帮女孩把热水瓶打开，灌好热水，还要一路小心护送回熊猫馆，说不定还很热心地把自己的热水瓶也留给女生——哎，同学，我回宿舍帮你修理一下，你急用，你先拿去用吧，留一下宿舍电话就好。"

欧洋一时觉得好笑，却听孟一飞冷冷地说：

"拔不开啊，那边，那边人少，你可以多拔一会儿。"

"啊？"女孩大惊，大概是很少见到这么冷淡的男生。

欧洋越过孟一飞，接过女孩的水壶，一把将木塞拽了出来。

"他开玩笑的，别介意啊！"

欧洋用手指捅了捅一脸焦虑的孟一飞说："真爱啊，你每天这么牵缠挂肚、魂不守舍的，你家蕾蕾知道吗？"

看到孟一飞一言不发，欧洋补充说："哎，这么久了，给你呼机号了吗？"

"说起这个真憋屈，打的开水都能建一座锅炉房啦，连个呼机号的毛都没看见。"

回到宿舍后不久，方瑶打来电话找欧洋，说了没几句，孟一飞便抢着让欧洋打听，她和蕾蕾是不是在一起。方瑶把听筒让给了蕾蕾，只听得孟一飞电话那头死乞白赖地说：

"蕾蕾，你看我都打了那么久的开水了，你能把你的呼机号告诉我吗？"

"呃……不行！当初说好的，打水是为了考察能不能组建联谊宿舍啊！"

"看在咱们有这么深的缘分的份上，你告诉我呗？"

"不和你说了，15分钟之后我要出去办事，校门口当面说吧。"

"哪个校门口？"

"你不是说缘分深吗？有缘，一定会在同一个校门遇见。"

孟一飞放下电话，一屁股坐在床上，一言不发。

"咋啦？"

"她说，15分钟后校门口见！"

"咱学校有9个门，光成府路上就3个啊，她说哪个没？"

"她说，你猜！"

孟一飞沉默了片刻，忽然发疯似的冲进楼道，高声呼喊：

"快来人啊，救命啊，救命啊！"

欧洋被他弄得摸不着头脑，只见顷刻间楼道里便冲出七八个同学来，有的攥着酒瓶子，有的扛着马扎子，有的挥舞着搪瓷大茶缸子。孟一飞从枕头下抽出一张偷拍蕾蕾的照片说：

"哥几个，哥们儿今儿摊上大事儿了，大家看清楚喽，就是这姑娘！"

"哟，大长腿！"

"别打岔！这姑娘约我15分钟以后在校门口见面，没说哪个门，现在大家分一下工，挨个门口去蹲守一下。咱们系的教学楼在学校中间，我就去系里传达室等电话，见到目标，拦下姑娘，麻溜儿地给我打电话。我孟某人的终生幸福就拜托各位了。"孟一飞一口气说完，眼眶红热。

众人再次看过照片，直奔各自的哨岗去蹲守。孟一飞一路小跑到建筑系一楼的传达室，刚坐定，就看到建筑构造课的老师，抱着两筐教具，走了进来。

"孟一飞啊，你来得正好，走，跟我一块把这些模型送到东门去。"

"我不去。"

"你怎么啦？"

"没事，我肚子疼。"孟一飞一边说着，一边伸手紧紧地按住电话机。

"肚子疼为什么不去宿舍，为什么不去校医院，来这儿歇着。"

"我……"

二人正说着，电话惊叫起来，孟一飞一把抓起听筒来，听到里面说：

"目标出现在南门，速来，速来！"

孟一飞放下电话，急得想马上出发，老师还在一边拉他：

"怎么不说话了？走吧，走吧，帮我抱一筐教具送去东门吧。"

"不行，我要去南门！"

"你不说你肚子疼吗？怎么又改成去南门了？好啦，不要说啦，跟我把教具搬到东门。"

孟一飞心想，成府路上的东门到南门，不过500米的路程，今天拼了老命，也要追上蕾蕾，想到这里，他抱着一筐模型，便向东门直奔而去。

临近黄昏，蕾蕾和方瑶边说边笑地走出水木大学的东校门，忽然惊讶地发现，孟一飞正抱着一筐建筑模型教具，满头大汗地在人行道上奔跑。蕾蕾心头一颤，竟有种喘不过气的感觉，校园里昏黄的路灯，让她眼前一阵恍惚。她似乎不敢相信自己的眼睛，心中明明小鹿乱撞却还是装作若无其事地离开了。

很多年后，蕾蕾和孟一飞都觉得那天的事情很神奇。可事实上，是在南门蹲守的同学认错了人，谎报了军情，而在东门蹲守的欧洋，还完全沉浸于手上的吉他教程中，压根就没发现蕾蕾和方瑶从他不远处走过。

缘分的妙处，常常在于不管怎么错，而结果却总是最美的。

38

　　欧洋自学吉他的事并不顺利，但他已经深深沉迷其中。

　　要过的第一关就是扒歌，只要有空，欧洋便抱着随身听，戴着耳机听音乐，先听大调，再听小调和转调，并随手记录下来，他发现自己在这方面很有天分，很快就能听得出主音和主和弦，小小的进步便让他兴奋不已。偶尔上课时神游，他就会左手搭在右臂上，回想着曲子，锻炼指法。

　　第二关是拨弦，手指摆弄灵活了，还要在吉他上反复练习。每天一下课，欧洋便冲回自习室，抱起吉他，坐在自己的床铺上，弹拨个不停。手指肚很快磨出茧子，茧子再磨，便成为血泡。欧洋再弹，血泡便开裂了，他用创可贴将指尖抱住，继续弹，血泡再裂，血水渗出胶条之外，他便重新更换创可贴，咬牙继续弹。

　　孟一飞天亮时一看到欧洋的手指便吱哇乱叫，每每调侃说："欧洋，昨晚又扒了几座坟？"由于练琴太频繁，血泡总也长不好，欧洋的手就这样一直包裹着，偶尔在校园里看到方瑶和蕾蕾，也只是将双手酷酷地插在牛仔裤的口袋里，露出一个龇牙咧嘴的微笑。很久之后，血泡终于化成老茧，茧皮触动木琴，发出沁人心脾的弦音。

　　虽然能弹出基本音，但离完整地弹好一首曲子还有很大的差距。第三关就是节奏与和弦的大关。欧洋起初在自己的床上弹琴，由于节奏错乱，音准跑偏，惨不能闻的曲子一入耳，便招来宿舍兄弟们的骂声。欧洋很快被逐出宿舍，搬着马扎坐在水房里练琴。

水房里有天然的扩音效果，欧洋自己弹美了，便忍不住哼唱上几句。经过水房的扩音之后，欧洋的声音被放大得十分洪亮——终于，在一个下雨的晚上，欧洋连人带琴被水房对面的宿舍男生集体"请"到了楼梯口——从此，水木大学的校园里，就多了一名"楼道情歌王子"。

功夫不负有心人，曲子逐渐成型，欧洋也越弹越有信心了。已经临近圣诞节，学校里到处张贴着庆祝节日的海报。欧洋决定要在元旦那天，给方瑶一个惊喜，他在日历上画了一个大大的红心，心情格外爽朗地抱起吉他，坐在楼道口的马扎上。谁知刚低下头，弹了半首曲子，忽然被路过的同学，丢下了两个钢镚。

那两个钢镚从冬日午后的阳光罅隙里滑落下来，直敲在水泥地板上，发出清脆悦耳的声响，打着旋儿上下弹跳了几下后，终于安然地躺在欧洋脚下，闪闪发亮。欧洋痴痴地想：

"老天对我真好啊，一想到方瑶，连捡钢镚都是成对的。"

39

按照欧洋的计划——平安夜的那天傍晚，他将预先在七食堂门口蹲点，等方瑶到来时，他将手抱吉他忽然出现，为方瑶弹奏一首《致爱丽丝》。当着那么多同学的面弹琴，一定是一件非常刺激的事，一想到这些，欧洋就觉得心潮澎湃——当然还有一个问题，因为在室外，人多车多，声音嘈杂，一把木琴的声音十分有限，如果能配上麦克风和音响，那一定是非常完美的人生体验。

好在水木大学遍地都是自然科学的牛人，欧洋将他的想法分享给宿舍的兄弟时，立刻得到了众人的支持。

"没有音响和麦克怕什么，咱们可以做！"郝彬豪气干云。

孟一飞立刻找自动化系的同学帮忙，设计图纸，着手装配电子元器件。共有2组、8人参加了这场紧锣密鼓的装配活动，一周后，音响和麦克分别研制成功，经过反复调音和降噪处理，终于实现了比较理想的扩音功能。考虑到冬天的黄昏光线幽暗，为了体现当日罗曼蒂克的气氛，马驰和王小川跑到校外的商店，购买了大量的气球和彩色小灯泡。为了让这些彩灯浮在半空，在活动当日如佛祖加持的光环一样围绕在欧洋和方瑶的头顶，欧洋找化学系的同乡帮忙，在试验室里自制出了氢气，经加压处理后，充入气球，气球挂上彩灯，可以如萤火虫一般，悬浮在任何高度。

给音响的供电装置，采用的是纯天然的人力发电——将自行车后轮的中轴架空，转动脚蹬，车轮旋转后，通过摩擦的方式供电，经变压后，直接传输给音响。最后，班长郝彬请女朋友秋月帮忙，将一个双肩包改装后，把音响和变电装置一起稳妥地放在其中。按照计划，平安夜那天晚上，宿舍兄弟将分别放哨、发电、背包、充气球，各司其职，欧洋只要负责优雅地耍帅就好了——这不是一次普通的弹唱表白，而是一场综合展现水木大学科技实力、动手能力、团队协作能力的汇报演出。现在万事俱备。欧洋撕掉了标注着大红心的最后一张日历，只待平安夜的东风把女主角吹过来。

40

　　黄昏的暮霭降落在人间，西天的流云伸出青釉般的长舌，卷走了天地交际处最后一缕猩红，华灯初上的水木大学校园里，处处洋溢着欢快的节日气氛。欧洋背着一只大书包，手抱吉他，穿过柳林，直奔食堂。孟一飞和马驰推着自行车紧跟其后。欧洋在七食堂侧门外的一棵梧桐树下站定，备好全套设备，望穿人潮，翘首以待。

　　天色越来越暗，挂着彩灯的气球已布置完好，只等着王小川来报信，欧洋便能点灯弹琴，高歌一曲。王小川顺着人流挤进食堂，远远看到方瑶、蕾蕾和黄金凤被几个同学围在打饭窗口外，似乎在争执着什么。他挣扎着从人缝中挤到前排，只听得一个腰膀浑圆的阿姨阴阳怪气地说：

　　"什么？米饭里有虫子，我怎么就没看到呢？"

　　"刚刚我递给你看的时候，明明就有的！"方瑶着急地说。

　　"就是，我也看到了。"黄金凤说。

　　"哼！小丫头们，别仗着你们人多，就乱说话啊！"

　　"我也看到有虫子的，是你刚刚做了手脚！"蕾蕾气愤地高声叫嚷。

　　"哪有？哪有？让大家看看，别在这里无理取闹啦，都散了吧！"打饭阿姨说。

　　王小川飞快地挤出食堂，对着门外马路对面的欧洋高喊："哥，快过来啊，出大事了！"

欧洋大惊，脱下背包，径直穿过马路，冲进食堂。打饭口已经聚集了很多同学，欧洋好不容易推开众人，挤到前排，却看到方瑶双眼红热地快要哭了出来。

蕾蕾大呼："我就不信学校没有说理的地方！在食堂的饭菜里吃到了虫子，你们不肯道歉，还反咬我们无理取闹！"

大妈声腔凌厉地反击："谁证明你们吃到虫子了？没证据，别瞎说，小姑娘看花眼也就算啦，娇滴滴地吓哭了，还真当自己是大小姐呢！"

"怎么回事？"欧洋挤出人群，关切地问。

"哎呦，还有帮手啊，这是要打人还是怎么着？"大妈一脸不屑。

"谁要欺负你啦，我们在跟你好好地说理……"黄金凤的话还没说完，打饭大妈便一屁股坐在地上歇斯底里地大声哭嚷，人群骚动起来，厨师、窗口阿姨和洗菜工也三三两两围了过来。

"哎呦，撒泼打滚你了不起啊！"蕾蕾大叫一声，杏眼圆睁正欲冲上去，却被刚刚赶来的孟一飞一把拽住。

欧洋沉思着，一言不发，他本想把上次在食堂吃到虫子的事情一起抖出来，可转念又想，此刻人多嘴杂，阿姨一副混不吝的样子，已招来了不少食堂员工和学生的围观，事情在这里闹下去，不是办法。此刻能做的，恰恰是要将局面稳定下来。

欧洋挡在众人前面，伸开双臂说："跟这样的人没法讲道理，要是动手的话就更说不清了！"

方瑶点头回应，却听蕾蕾怒道："难道就让她这么猖狂？"

欧洋转向围观的同学，向众人挥手示意说："大家都散了吧，散了吧。"转而对蕾蕾轻声说："听我的，咱们先走，我有办法治他们。"

41

一场精心准备的表白落了空。当晚，欧洋陪方瑶、蕾蕾和黄金凤在校外的拉面馆里吃完晚饭，几个人的心情都很低落。送她们三个去了自习室后，欧洋独自在操场上走了一圈又一圈，直到熄灯前才返回宿舍。之后面色铁青地仰在自己的床头，一言不发。

熄灯后，孟一飞缓缓坐到欧洋床边，一半像是自言自语地安慰道："放我以前，老早削丫的，咱们现在是读书人不是，得玩斯文的喽。"

"食堂饭菜卫生不过关，是个老问题了，我以前也跟学校反映过，一直没人理会这个事。"郝彬说。

"食堂都被私人承包走了，大舅来采购，二叔来掌勺，三姨妈管打饭，四姑奶奶刷盘子，坑人亲兄弟，打架一窝蜂，哪个愿意给咱们穷学生出头？"马驰分析。

王小川凑到欧洋面前，伸出手掌，在欧洋面前晃了又晃，继而说道：

"哥，咋地啦，魔怔啦！"

欧洋突然一个骨碌从床上坐起来，吓得王小川立马窜出两米开外。

欧洋拖出自己的床单，对折之后，用牙齿在折缝处使劲咬出一个豁口，双手用力一扯——"嘶啦"一声，床单应声开裂成两条。

"真魔怔啦，这是要连夜放火烧丫食堂不成？"孟一飞瞪大眼珠子惊呼。

"兄弟们，大家听我说，我想明天中午在食堂组织罢餐活动，现在要做一个具体的分工。"欧洋顿了顿，望向众人：

"班长，你人缘最好，你负责联络各班各系，结成全校罢餐同盟；马驰和我负责制作传单和横幅；王小川腿脚快，要多找人帮忙到处去发传单，挂横幅，尽量扩大影响！"

"没问题，只要咱们有理有据，就能跟黑心食堂斗争到底！"郝彬说。

"欧洋哥，你这一番慷慨陈词，让我愈发觉得你伟岸了。"躲在墙角边的王小川嗲声嗲气地说。

"那我呢？"孟一飞抢着说。

"你嘴皮子最好使，你去联络学校的小卖部，保障伙食供应，让他们多备些方便面、茶叶蛋、火腿肠什么的，我要扎扎实实地搞一个打倒黑食堂的罢餐活动。"欧洋说。

"漂亮！老子反啦！"孟一飞挥舞着拳头说，说罢立即起身，抽出床单，扯成两截，甩给欧洋说："拿去做横幅！"

宿舍里，众兄弟齐声嗷叫，唯有马驰慢悠悠地俯下身子，摸出自己的洗脸盆说道：

"刚泡上，早知道今天晚上集体撕床单，我还能省一把洗衣粉。"

众人哈哈大笑，孟一飞将自己的薄毯子遮在宿舍的后窗户上，王小川拿起一叠报纸糊在宿舍门的小窗上。欧洋点燃蜡烛，马驰拿出纸笔，立刻投入制作标语和调幅的工作中。郝彬和王小川悄悄溜出已上锁的宿舍楼，滑入幽暗的夜色之中。

42

第二天中午，赶去吃午饭的同学赫然发现，各个食堂门口都张贴着题为"打击黑心食堂，还我清洁饭菜"的横幅，并在横幅旁配了一张详细的《罢餐倡议书》展板。起初，同学们三三两两围在展板前，看完倡议书，有些人点头称赞，径直离开食堂，有些人犹豫了好一阵，还是走进了食堂。

孟一飞骑着自行车，挎着纸筒做的大喇叭，一边在七食堂外游走一边高喊：

"同学们，为配合这次罢餐，学校小卖部准备了大量物美价廉的新鲜鸡蛋、面包和泡面，欢迎大家选购，积极响应咱们这次的活动，谢谢您嘞，谢谢您嘞！"

"孟一飞，到其他几个食堂也去转一圈。完事了赶到小卖部，给同学们做好中餐后勤工作。"

欧洋一边高喊着，一边和几个同系的男生把三块大的展板立起来。

这几块大展板，是欧洋一早从戏剧社里借出来的，他花了一个上午的时间，画出了四幅连环画。第一块展板上，是那天七食堂打饭阿姨的形象，只见她抱着一个生满黑虫的米饭盆，张开大嘴叫道："我的食堂我做主！"画上的阿姨憨态可掬，表情却十分的嚣张。

第二块展板上食堂的大师傅、洗菜工和打饭阿姨站成一排，一群弱小的学生缩在一起，战战兢兢地看着自己手上生满虫子的米饭。

第三块展板上画着一个女生，双眼红肿，让人心生怜意——毋庸置疑，那女生就是昨日的方瑶。

第四块展板上，众学生聚拢在一起，高举着拳头呐喊："我们的食堂，我们是主人！"食堂大师傅、洗菜工和打饭阿姨缩成一排，满脸愧疚，纷纷举手投降。

四幅漫画活灵活现，让众人不得不敬佩欧洋的才气。七食堂位于校园正南侧，来往的学生很多，学生们很快聚拢过来，围着漫画啧啧称赞。

"画得真逗。"

"早就想罢餐啦。"

"咱们得团结起来啊。"

众人正议论纷纷，王小川却从人缝中挤了进来，将手上的几个喷雾罐交给欧洋，说：

"哎，努力了半天，还是有不少同学去食堂吃饭了。"

欧洋将喷雾罐分发给身边的同学，转而对王小川说："别灰心，慢慢来，会有更多的人来声援我们的！你快去校外的小卖部看看孟一飞的情况。"

小卖部外早已排起长龙，孟一飞脖子里挂着一书包煮鸡蛋，右手手臂下挟着一大箱子方便面，在人群中晃来晃去，一边收钱，一边将鸡蛋和泡面塞给同学。远远看到王小川，孟一飞扯着嗓子高呼："小川儿，你快去抱一箱面包出来，跟在我后边走！"

王小川挤进小卖部，正看到满头大汗的老板被攥着钞票的手臂四面包围着，乐个不停。王小川高呼："老板，先给我一箱面包，我是门口孟哥的帮手！"

"好好好！"老板将一箱面包双手举过头顶，递给王小川，"同学，你们啥时候还搞这罢吃活动啊，早点通知我多进点货啊！"

众人纷纷围向王小川，他拆开纸箱，眼珠骨碌一转，直接朝一个漂亮的女孩挤过去。

"姐姐，你要吃面包吗？想要啥口味儿的呀？"

"嘿！嘿！别夹塞儿啊——我们这儿等半天啦！"

王小川身后有个男生大呼起来，一把将他薅了一个趔趄，只听得"吱啦"一声，王小川的棉袄衣袖应声开裂，他还没顾得上心疼，却听到孟一飞隔着人群高喊：

"小川儿，没水啦，赶快去食堂打水，给大家冲泡面。"

王小川听罢，只得整了整破开的衣袖，提了四个暖水瓶离开。

郝彬早已带领着一众男生赶到了学校水房，提着暖水瓶给排起长队的同学们加水。方瑶、蕾蕾和黄金凤趁机在队伍两旁分发上午刚刚写好的传单，这时，王小川提着四个暖水壶一步一瘸走过来，看到郝彬，便比划着自己的破棉袄一脸委屈地说：

"老大，小卖部那边的水又用完了，我也快壮烈牺牲了。"

郝彬说："欧洋整个中午都抬着画板，在各个食堂周转、宣传，他比我们更辛苦。"

众人正议论着，却看到欧洋领着几个男生，端着饭盒朝水房走来。看到方瑶和郝彬等人，欧洋抹了抹脸上的水彩颜料，憨笑着说：

"午饭的冲锋已经快过去了，决胜战恐怕要在晚上啦！"

一个中午的时间，已经有三个食堂的学生加入了罢餐运动。这场不见硝烟的运动，如暗流一般，迅速在水木大学里蔓延开来。晚饭前，欧洋带人赶到食堂，这里聚集的同学越来越多，很多拿着饭盒的同学不住地用铁勺子敲打着饭盒。

欧洋走到众人面前，振臂高呼："抵制黑食堂，我们要罢餐！"

"罢餐，罢餐，罢餐！"

呼喊声交织着敲打声，潮水一般很快将食堂淹没。有几个大师傅从食堂的窗户里紧张地探出头来，正撞上屋外学生们愤怒的目光，脖子便像触电似的，猛缩回去。大师傅们迅速锁紧了窗户。食堂里空荡荡的，几乎所有的同学都加入到这次罢餐活动中来。人群中不断传来喜讯：

"大家要挺住，九食堂也罢吃啦！"

"二食堂也罢吃啦，教工们也在支持我们呢！"

"哇喔，哇喔！"人群的呼喊声越来越大，冷风中，欧洋心中暖暖的，仿佛聚集着一簇跃动的火苗，脑门上竟然渗出一层汗珠，他缓缓抹过额头，心想：不知道这场罢餐还要持续多久，应该尽快在夜自习前，联系好学校外的小吃摊，坚决斗争到底。

欧洋正思量着，却看到食堂大门打开，几个大师傅推着小推车走了出来，推车上铺了一层热气腾腾的葱油饼。

"我说，罢什么餐啊？新鲜出锅的葱油饼，五毛钱半张啊，物美价廉啦！"一个膀大腰圆的大师傅操着一口油滑的京片子说道。

美食果然是世上最具有杀伤性的武器，刚刚还怒不可遏梗着脖子的学生，一看到油光可鉴的大饼，立刻软了下来，低着脑袋凑了上去。

"你们这是干什么？"孟一飞急得凑了上去。

"你少管闲事啊！"大师傅白了一眼孟一飞，继续说道："咱们这刚烙的葱油饼，保证干净，一块钱一张，半张五毛起卖，超实惠啊。"

欧洋跨上一步抢在孟一飞面前说："别和他吵，这样不是办法。"转而对身边的学生喊道：

"大家听我说，再忍几分钟，我保证有好吃又便宜的晚餐，这个时候团结最重要。"

众人一阵迟疑，欧洋朝王小川使了个颜色。王小川眼睛咕噜一转喊道：

"嗨，我信你，我坚决不买，抵制到底！"

王小川挥着拳头，紧接着方瑶也凑了上来说："同学们，这只是食堂的怀柔政策，大家千万要团结，抵制到底，我也算一个。"

方瑶一开口，呼啦一下子围上来好多人站在她的身后，七嘴八舌地吵嚷着要抵制到底。欧洋心想，不能让大家一直饿着肚子，得马上想办法解决晚餐问题。他忙拉住身旁的孟一飞说：

"快，跟我校门外跑一趟。"

两人径直跑向学校门外的小吃摊。由于白天校内小卖部方便面、饼干基本都被买空了，现在能供应晚餐的也只有校门外仅有的几个小卖部。

"老板，您这茶叶蛋，我包圆儿买了，能便宜点不？"

"这两大盆都要吗？我数数看吧。"

"老板您快着点，我这儿赶着急用呢。"

"这一共一百五十几个，那您给七十五块得嘞！"

"好嘞！"

欧洋爽快地应了一声，从口袋里摸出二十几块钱来，转而望向孟一飞说：

"带钱了吗？赶快贡献点？"

"我？"孟一飞眼球瞪得跟茶叶蛋似的。

"快点啊，甭磨叽，你想不想追蕾蕾啦？能不能来点男子气概？"

"有有有！"孟一飞急忙从口袋里摸出几张钞票，和欧洋手中的钱一齐交到小卖部老板的手中。

"大爷，我学生证押您这儿，来不及装袋儿啦，一会儿还您盆儿啊。"欧洋说着，和孟一飞端起两大盆冒着热气的茶叶蛋，向学校跑去。

七食堂的门口聚集了近百位学生。大家黑压压地围在卖葱油饼的大师傅面前，方瑶、王小川、蕾蕾、马驰等人挡在众人面前，可还是陆续有同学买了葱油饼离开。

"我们回来啦，大家让一让。"

众人顺着声音传来的方向转过头，只见欧洋和孟一飞满头大汗端着两大盆茶叶蛋从身后跑了过来。

"新鲜出锅的茶叶蛋啊，五毛两个，便宜卖啦！"欧洋顾不上拭去额头上的汗水，高声叫卖道。

"欧洋，你疯啦，半价卖啊！"孟一飞大惊。

"蕾蕾看着你呢，爷们儿点行不行，这时候决不能掉链子。"

"不好吃不要钱的茶叶蛋啊！五毛钱俩，五毛钱俩……"

五毛钱两个茶叶蛋的价格实在太便宜了，学生们一下子将欧洋和孟一飞围在中间。

"我要四个，我要四个。"

装葱油饼的小车旁瞬间人群散尽，一个大师傅抄起钢制的架子和菜刀，怒气冲冲地走到欧洋面前说道：

"你们这帮小屁孩是要造反吗？"

孟一飞用余光扫到蕾蕾正在注视自己，见大师傅冲过来，他抓起两个茶叶蛋，挺直腰杆顶了过去。两条浓黑的眉毛，得意得像一对上下纷飞的小刀片，毫不示弱。

几个大师傅见状立马围了上来，王小川、马驰和几个同系的同学连忙站在孟一飞的身后为他撑腰。大师傅龇牙咧嘴地扬起手中的菜刀，情况紧急随时可能擦枪走火，酿成一场校园械斗事件。剑拔弩张之际，只听得欧洋高喊一声：

"孟一飞，给我过来好好卖鸡蛋！"

孟一飞原本还在为赔本卖鸡蛋的事感到懊悔，没头没脑地又和几个大师傅杠上了，正在恼恍之际，忽然听到欧洋喊他的名字，便歪着脑袋蹲回欧洋身边，头也不抬地收钱算账。倒是几个大师傅傻傻地戳在路灯下，尴尬地瞪着眼睛。

"哎呀不好，鸡蛋快卖完啦。"欧洋暗想，这些茶叶蛋远远不够供应，等下再有同学过来，不知道该怎么撑下去，正在迟疑着，却看到郝彬领着几个外系的学生，抬着十来个热水瓶，抱着几大箱方便面向七食堂走过来，不禁长舒一口气。

忽然，学校广播站的大喇叭里传出一阵"噗噗"声：

"同学们，同学们，请大家注意一下，这次罢餐事件，学校非常重视，已经了解清楚了具体问题，请同学们放心，学校对影响到学生饮食安全的问题，绝不姑息，一定一查到底。现在校领导正在召开紧急会议，研究对食堂后勤保障工作的整改措施，随后会进一步公布消息，还请同学们理性对待，相信学校，相信领导……"

欧洋捅了捅身旁的孟一飞，说道：

"怎么样，还心疼不，今晚值了吧？"

"心不疼了，蛋疼！"

人群沸腾起来，欢呼声此起彼伏。

“胜利——胜利！”

欧洋兴奋地摇晃着两个空空的大铁盆，像个挥舞着滚圆翅膀的七星瓢虫似的，在夜色中纷飞窜动。几个高大的男生围过来，几把将欧洋抬起，抛向半空。

“嗷——嗷——嗷！”

众人齐声高呼着，欧洋四肢舒展，一种久违的成就感，严严实实地包裹着他，他忽然傻傻地想：如果方瑶能站在对面叫深情地喊一声“亲爱的！”那该有多美——可是那样，也许身下的这帮狼们立马会松开双手，像一个个木头人似的定在这儿——他也一定会在这个胜利的夜晚，将屁股摔成八瓣，不过为了方瑶，摔得粉身碎骨也值了。

43

　　虽然一天也没怎么吃东西，众人还沉浸在胜利的喜悦中，兴奋地说笑着走回宿舍，正听得电话铃尖叫起来，欧洋冲过去抓起电话——居然是蕾蕾来找孟一飞的。

　　孟一飞清了清嗓子，柔情似水地问了声："蕾蕾好！"

　　蕾蕾说："嗯，经过近期的考验啊，感觉你们还不错，我们宿舍呢，一致决定：咱们两个宿舍的第一次联谊活动，就定在今年我们英语系的跨年舞会上！"

　　"这是真的？"孟一飞忍不住大声问。

　　"你掐一下自己的后腰，看疼吗？"蕾蕾笑了。

　　"疼，蕾蕾，真疼哎……"孟一飞正想黏着蕾蕾再多说上几句，不想蕾蕾在电话那头轻声道了声再见，便挂断了电话。

　　"她们说要在英语系的跨年舞会上搞联谊活动。"放下电话，孟一飞激动地说。

　　众人直呼万岁。郝彬说："今年元旦啊，你们嫂子要去她小姑家过，我正好陪大家一起去参加活动，鉴证一下你们的伟大爱情。"

　　"英语系的跨年晚会，好像是只有有舞伴的人才能参加啊？"王小川说。

"除了欧洋和孟一飞，咱们是三条老光棍啊！"马驰说。

"方瑶宿舍不还有一女生吗？"孟一飞反问。

"那也不能一拖三啊，你当是打麻将啊，四人刚好凑一桌。"王小川说。

"没事，没事！"欧洋看了看马驰，又看了看王小川，"我有办法，你俩站起来！"

马驰和王小川懵懵懂懂地站在一起。欧洋望向孟一飞和郝彬，一脸坏笑地说：

"般配，怎么看都般配！"

孟一飞说："欧洋，莫非你想把老小化妆成女生？"

郝彬说："为了顺利打入敌人内部，别说扮成女生了，扮成女鬼也是值得的！"

马驰深情地托起王小川的手问："姑娘，你意下如何呢？"

"我——我宁死不从！"王小川大呼。

44

　　几日后，气温骤降，铅云低垂，似乎在酝酿着一场大雪。郝彬从他女友秋月那里借来了一件女式毛衣和一双红色高跟皮鞋，欧洋从戏剧社偷出了一个女士发套和一些化妆品，孟一飞和马驰买了一箱牛栏山二锅头和一大包瓜子、花生，外加三个新的大茶缸。孟一飞把酒瓶从箱子中取出，一瓶一瓶地小心摆放在床下。

　　"你们买酒干啥？"王小川问。

　　"女生不喝醉，男生没机会。"孟一飞说。

　　"买这么大的茶缸干嘛？"王小川又问。

　　"容器大，喝得快，醉得容易啊。"孟一飞得意地说。

　　"去舞会喝酒，这……"王小川再问。

　　"老帽儿了不是，参加舞会只是一个诱饵，咱们主要不是为了把女生带回来喝酒吗？"孟一飞继续说，"考虑到你牺牲那么大，回到宿舍以后，黄金凤就是你来陪啦！"

　　"那我嘞？"马驰问。

　　"你陪大哥喝好就成，到时候欧洋陪方瑶，蕾蕾是我的。"孟一飞说。

　　"这个我不同意！"马驰说。

　　"行吧，舞会晚上就开始啦，你俩决定到底谁来扮姑娘？"孟一飞说。

"那还是——我来呗。"王小川一脸得意窜到欧洋面前，说：

"哥，给我画好看点，我要给金凤儿留下深刻的印象呢。"

欧洋将化妆品一样一样摆放在桌子上，定睛端详了一眼王小川："去洗把脸，对着镜子把胡子先剃干净了！"

45

　　雪片纷纷扬扬地飘落下来，让黄昏显得愈加沉静，人们裹紧厚厚的军大衣，像一只只绿色的保温瓶似的，揣着炽热而结实的心跳，走向英语系跨年晚会的小礼堂。王小川戴着花头巾，被众人围在中间，引来不少外语系男生羡慕的目光。

　　英语系小礼堂的门口已经聚集了不少的男男女女。一个头发花白的大爷，手执一红色小喇叭，在礼堂门口高声指挥着同学们一对一对慢慢入场。欧洋背着自己的吉他走在最前面，他很快在人群中看到了方瑶。方瑶头戴一只红蜻蜓发卡，长发顺滑地拢在身后，额头皎洁如月，双眸澄澈若星。大麻花纹的枣红色高领毛衣，配着一条黑色毛呢长裙，像一支火苗摇曳的火把似的，在女生们的周围安然地发光发亮。

　　欧洋大方地向黄金凤介绍了班长郝彬，孟一飞趁机凑到蕾蕾身边，黏着她一起走进小礼堂。马驰将手搭在王小川的肩膀上时，恍然扫到男生们的眼睛里冒出火星子般的目光，于是更加大胆地沿着王小川顺滑的脊背，将大手落在他的后腰上，两人扭扭捏捏地也走进了礼堂。

　　小礼堂的舞台上，摆放着两支大音响和几排啤酒，灯光旖旎，看台的桌椅已经被搬空，改造成了一个小小的舞池。一首肖斯塔科维奇的《抒情圆舞曲》响起，男生们便迫不及待地邀请自己的舞伴，和着音乐，跳起了磕磕绊绊的华尔兹。

"我们也去跳一支舞吧。"

方瑶说罢，将手指搭在欧洋的手掌上，唇角轻扬。她的手指软软的，让欧洋想起童年里抓起一把高粱饴软糖时的紧张和兴奋——他忙将这把软糖深深地攥紧，心房突突突狂跳着，扬起手臂，像提着一个打旋儿的灯笼似的，和方瑶双双滑进舞池。

郝彬舞姿娴熟，很快取得了黄金凤的好感。孟一飞则死缠烂打地赖着蕾蕾和他共舞一曲。谁知两人刚跳上几下，孟一飞便硬生生地踩中了蕾蕾的脚趾，蕾蕾一生气，又折回到座位上。马驰很快确定了自己的目标，主动上前和姑娘搭讪。从前一直被同学们奚落身材矮小的王小川，豁然发现：女孩扮相的自己，身段苗条可人，很快便招来舞池旁男生们火辣的目光。几个男生热络地走过来和他搭话：

"嗨，同学，能请你跳支舞吗？"

"同学，可以认识一下吗？我是经管系的，他是我的舍友。"

"同学，我发现咱们水木大学各个专业的学生特点，都和专业名称很像，比方说，我们经管系的人比较'精'，土木系的都很'土'，水利系的个个很'水'，哎，同学你哪个系的啊？"

王小川被他说又好笑又好气，奶声奶气地说："我是建筑系的，你觉得我很'贱'吗？"

"哎！同学，不好意思，你别走啊。"经管系的男生，看到王小川想转身离开，便一把拉住了他的手。

王小川大惊，甩开男生的手，像个受惊的兔子似的从人群中直窜出去，身后的两个男生猛追过来。王小川连忙跳上舞台，慌乱中竟然踢碎了啤酒瓶，又将音响后的电线踩断。电线一端裸露的铜丝插入满地横流的啤酒，伴着一片"吱啦"声，音箱后爆出几丝火花，随即砰的一声，全场陷入一片黑暗。

"啊？怎么回事啊？"

舞池里传来一片尖叫声，人群忽然嘈杂起来。黑暗中，欧洋镇定地推开人群，将方瑶带到礼堂的一角，说了句"等我一下，马上来！"便沿着教室一角，匆匆跑开了。

46

众人正忙乱着，却听得舞台上传出一阵"嗞——嗞——"的声响。接着，像是从某个扩音喇叭里传来了几声撩拨琴弦的声音和几句轻声的哼唱：

我来唱一首歌，
古老的那首歌，
我轻轻地唱，
你慢慢地和。
是否你还记得过去的梦想，
那充满希望灿烂的岁月……

那声音起初唱得很轻，琴声也很轻，像是黑暗深处颤巍巍的哼哼，慢慢地，前排的同学安静下来，有人跟着音乐小声哼唱。紧接着，扩音器里歌声越来越大，琴声越来越响，而礼堂里所有的人也终于安静了下来。

半首曲子之后，小礼堂终于恢复了欢乐的气氛，大家纷纷和着舞台上的弹唱，一起高歌。

我们曾经哭泣，

也曾共同欢笑。

但愿你会记得，

永远地记着，

我们曾经拥有闪亮的日子……

有的男生点亮了打火机，有的女生举起了蜡烛，礼堂里星光摇曳，像浮游的星河一般让人迷醉。

"欧洋，是欧洋啊！"孟一飞惊喜地说。

"哇，好机智啊，他居然借了看门大爷拿的那个小喇叭！"蕾蕾兴奋地说。

"就是嘛，不知道比那个董晨要好多少！"孟一飞双手叉腰骄傲地说。

台下响起一阵热烈的掌声。

"这首歌献，献给——献给——献给永远的水木大学。"欧洋吞吞吐吐地说。

其实欧洋原本想说这首歌是献给一个美丽的女孩的，可话到嘴边上，他却忽然没了自信，心脏"咚咚咚"的想要跳出胸腔。很快有男生跑上舞台继续献歌，欧洋把小喇叭交了出去，在掌声中走下舞台，他此刻迫不及待想看到方瑶的样子，便朝礼堂一角疾走过去。众人正说笑着将方瑶围在中间，方瑶面颊红润，灿若烟霞，孟一飞凑到欧洋耳边说："你还不趁着天黑抱抱你朝思暮想的姑娘。"说罢，便一把将欧洋推向方瑶。

欧洋心旌神摇，哆哆嗦嗦地伸开手臂，却被从人缝中突然闯入的王小川一把抱住。

"欧洋哥，快救我——老有男生要拉我的手！"

47

唱了好一阵，众人才一起说笑着离开了英语系的小礼堂。地面上已堆起一层厚厚的积雪，一脚踏上去"咯吱咯吱"的，像是踩到了大地的痒痒肉似的，脚下传来一阵颤动。

孟一飞跳到众人面前说："走走走！都去我们宿舍，今晚准备了好些好吃的呢！"

马驰整晚都没有搭上一个姑娘，一听说要回宿舍，连忙昂首挺胸地对黄金凤说："你好，我叫马驰，英文名叫 March！就是行军打仗的意思。"

"不就是 how much 的那个 much 嘛！"王小川忙插话，"好嘛吃，好吃嘛，吃嘛好呢？"

黄金凤被他逗得格格直笑，王小川顿时来了精神，故意提高声腔说："你好，我叫王小川，在宿舍里排行老五，你以后就叫我五哥吧。"

"啊，五哥？"黄金凤应了一声。

"五哥以后讲故事给你吧，五哥最喜欢讲晚安故事啦。"王小川说。

"别听他乱说，要说讲故事，特别是讲鬼故事，数我最在行了。"马驰抢着说。

"是谁每回听鬼故事，吓得连厕所都不敢上来着？"王小川反诘道。

一路上，马驰和王小川争论不停。众人推门走进宿舍，迅速在摆满二锅头和花生瓜子的木桌旁围坐下来。方瑶抬眼就看到写有她 BP 机号的白色 T 恤挂在一面墙上。

"这是欧洋的床铺吧。"方瑶问。

"不好意思，忘记收起来了。"欧洋抢着将 T 恤摘下，却被方瑶拦住。方瑶拿起身旁的一支笔，思索了片刻，在白 T 恤的另一面，歪斜地画上了一个小人。

"你这画的是猪还是蟑螂？"

"我平时画得比这个好，T 恤上不好画，不信你试试。"

"试试就试试。"

欧洋借过画笔，一手将 T 恤拉直，一手轻轻在刚刚的小人上勾描了几笔，那小人便立刻被画成了一支蜻蜓。紧接着，欧洋在蜻蜓下面画出一支发卡，几笔写意的线条，方瑶清秀的面庞便出现在 T 恤上。

"哇哦！"方瑶不觉惊呼起来："真棒！我也想学画画，以后做导演也要去画分镜的，你觉得我什么时候可以画出你这样的水平？"

"以你刚才画猪的这种水准嘛，估计这辈子都难啦。"

"才不信！咱俩打个赌，我有一天一定能画出来。"

"赌就赌，你说赌啥？"

"让我想想，以后告诉你。"方瑶说罢，莞尔一笑。

孟一飞把新买的三个茶缸分给三个女生，又给每个人倒上一口白酒，忙招呼欧洋和方瑶一起过来坐："快点，快点，你俩磨叽啥劲儿，马上要跨年啦。"

众人各自端起茶缸，一起倒数："9、8、7……3、2、1，干杯！"宿舍里欢呼声四起，孟一飞一边眉飞色舞地给女生们倒酒，一边暗地怂恿王小川和马驰，不要放过机会。

"第一杯必须干啊，必须干，我先来做个表率！"王小川一仰脖子，猛灌下一大口。

"这怎么行，我不会喝酒。"黄金凤红着脸颊怯生生地说。

"没事，我来，你小口抿，我陪他们干到底。"蕾蕾爽快地说。

孟一飞大喜，马上陪蕾蕾干掉了一小杯，又勤快地给蕾蕾添上酒。

"我先来讲个鬼故事啊。"马驰说，"有天晚上吧，我一个人在宿舍看书，风很大……"

"呜呜呜……"王小川乍开十指，配合地发出呼啸的风声。

欧洋担心会吓到方瑶，便提议和方瑶去楼顶的天台看看雪景。方瑶马上应允，欧洋顺手抄起半瓶牛栏山，随方瑶离开宿舍。

看到黄金凤有些害怕，马驰越讲越兴奋，说到鬼妖出没时，脸上瞬间绽出狰狞的表情，时而抬高嗓门放声浪笑，时而压低嗓音轻声呜咽，末了，他目不转睛地盯着黄金凤，将脸颊凑过去说："你猜怎么着……"

"啊！"黄金凤尖叫着说，"我猜到啦，鬼在柜子里！"

马驰被黄金凤忽然的惊声尖叫吓得半死，一时间双腿瘫软，差点滑倒桌子下面。孟一飞眼见鬼故事不能吓倒两个女生，便拼命使眼色让众人猛灌蕾蕾。

一会儿工夫一瓶二锅头已经见底，蕾蕾拧开了另一瓶说：

"这次咱们玩公平的，谁也别单独敬谁，咱们一块干。"

"好！"孟一飞迫不及待地说。

"这一杯敬欧洋。"

"这一杯敬方瑶。"

"这一杯敬伟大的水木大学！"

"这一杯敬伟大的建筑系。"

"这一杯敬……"

"啪"的一声，端起酒杯的王小川竟然栽倒在木床上。蕾蕾带头，一口气竟干了四杯，马驰和郝彬纷纷告退，孟一飞端着酒杯说："缓口气，缓口气，吃几个花生，我再提议干一杯啊！"

48

　　天台上，大雪已积起厚厚的一层，夜风渐息，借着微微的酒意，欧洋觉得周身暖洋洋的。

　　"我有点恐高，这里看下去实在太吓人了。"

　　"你闭上眼睛慢慢地跟着我。"

　　方瑶拽着欧洋的衣袖，随他小心地挪动着脚步，从楼道走进了天台。

　　"方瑶，你别怕，如果要登高，任何时候都不要往下看，要往远处看，越远越好。"

　　方瑶紧闭双眼，壮着胆子走上天台，一股沁凉的空气扑面而来，直冲胸腔。大片的雪花划过耳畔，像披在额顶的头纱，嘶嘶作响。方瑶缓缓睁开眼睛，雪野如奶油蛋糕一般光亮、轻柔，仿佛伸开手指轻轻一戳，这天地间的高楼、树林和远山便被碰花了。只有路灯还亮着，泛出橙黄的晕色，如浮游的流萤，蜿蜒在时空深处。城市已熟睡，又似乎这一切，本来便是城市微微喘息的梦境。方瑶长舒了一口气，那团哈气袅袅升腾，弥散成大朵的云团似的，倏然之间，让她和欧洋一起隐遁在这白茫茫的世界中。

　　"方瑶，你知道吗？8000多公里外有个地方叫斐济，那里的海湾生长着一种海藻，它们一年只浮出海面一次，却能照亮整片大海！"

"那一定特别特别的美。"

"有时候，我觉得我们的人生，应该像这海藻一样，能发出照亮黑夜的光芒，才变得有意义。"

"欧洋，你有什么梦想？"

"我说不好，也许毕业以后，我会去一家研究院上班，过朝九晚五的生活，那样的日子没有光，而我现在，只想活得自由，活得快乐，像排练话剧那样，像在这个下雪的晚上唱歌那样……"

"我的梦想是——嗯，以后能在咱们学校做一场属于自己的话剧，我自己来编剧，我自己来导演。"

"好啊，我一定全力支持你！"

"你呢，你想过参加校园歌手大赛吗？"

"等我琴练好了，一定参加！"

"你知道吗？欧洋，我一直觉得你是一个敢想敢干的人，心里装着梦想，也敢大胆地去追求。"

"我，我其实只想……"

"咱们再干一杯！"

欧洋端起茶缸，和方瑶一饮而尽，接着又给两人各自倒了些白酒。

"上次在草坪的时候，你还说自己不会弹吉他。"方瑶问。

"这……"欧洋攥了攥还在疼痛的手指，说："最开始练琴的时候，没觉得自己会迷上它，练着练着，发现自己还小有天分，大家都说我弹得好听——好听，所以我就坚持下来了。"

说到"好听"这两个字的时候，欧洋不自觉地顿了顿，耳根一阵红热，生怕方瑶听出其中的破绽。

"是真的好听。来，我敬你一杯！"方瑶欣喜地说。

"咳咳！"火辣的白酒一入咽喉，方瑶便禁不住轻咳了几声，欧洋刚想劝她，却看到方瑶举起搪瓷茶缸一饮而尽，借着微微的酒意，方瑶说道：

"关于梦想，我也说不好，谁天生就有梦想呢，每个人都在摸索中，慢慢地找到了属于自己的方向吧。"

欧洋听罢，缓缓地说："我想，每个人的年少时都有一个梦，每个人的青春里都会有一个 Ta，每个人……"表白的话跑到最边上，欧洋又咽了回去，见方瑶没有回应，欧洋拍拍自己的脑袋，羞涩地说，"这青春啊，一半是梦想，一半是梦话吧……"

欧洋说罢，深情地望向方瑶——不知何时，方瑶竟闭着眼睛睡着了。欧洋赶忙伸手揽住她，雪花已然落满方瑶的头顶，沾在她弯弯上翘的睫毛上，白生生地泛满银光，像身披着一件晶晶发亮的纱衣。

欧洋情不自禁地将脸颊凑过去，微微地嗅到一缕酒香——忽然，"咣当"一声，天台上的门被蕾蕾一把推开。

"我喝好啦，方瑶，方瑶！"

欧洋被突然出现的蕾蕾吓了一跳，急忙撤回身子，红热着脸吞吞吐吐地说：

"方——方瑶睡着了。"

蕾蕾和欧洋一起扶住方瑶，从天台走回楼道。方瑶很快清醒过来，连说了几句"不好意思"，便随蕾蕾和黄金凤一起返回宿舍。欧洋仍难耐心中的兴奋，跑回宿舍后，一推门却看到众兄弟歪歪扭扭倒得满地都是。

欧洋扶起孟一飞，急切地问道："这是咋回事啊？"

孟一飞一手推开欧洋，口中嘟嘟囔囔："蕾蕾太能喝了，这丫头居然是青海的，哥儿几个全折了。"说罢，竟趴在地上哇哇狂吐起来。

49

烟花三月，草长莺飞。转眼已是新学期开学，二校门外的草坪披上新装，嫩绿的叶子娇艳欲滴，让人忍不住想冲过去啃上几口。

为备战大学生运动会，蕾蕾被抽调到北京体育大学封闭训练，这反倒给了孟一飞一个表现的好机会，只要蕾蕾一个电话，缺什么，他便买什么，要什么，他麻溜地给送什么。从水木大学到北京体育大学，往返一次11公里，孟一飞一路狂踩单车，一骑绝尘，骑出了久违的幸福。

偏偏春季的北京，气温忽上忽下，前一天还春寒料峭，东南风擦着耳根子呼啸而过，后一天却是艳阳高照，太阳光直晒得人又扎又痒。孟一飞在太阳地儿下猛蹬自行车，豆大的汗珠很快从额上滚落下来，砸在棉袄上、毛衣上、大腿上。不一会儿，他的内衣裤也湿了，汗水沿着大腿根，一点点浸湿了内裤的边沿，濡湿的内裤贴在肉上，很快磨出血印子。孟一飞再蹬自行车时，内裤边儿便像小刀子似的，对着大腿根儿千刀万刮，割得他又痛又痒，吱哇乱叫。

好容易骑回学校，孟一飞一步一瘸地回到宿舍，爬上床铺，急忙脱掉裤子。王小川扫了一眼他的大腿，打趣地说：

"孟哥，你不是去给蕾蕾送东西去吗？怎么谈个恋爱跟受宫刑似的，这老拼命呢？"

"你丫不懂，这叫为爱献身。"孟一飞说。

"哎，真没想到，谈恋爱这种事，跟重新投胎做人似的！"马驰说。

"大家听我说，我们家蕾蕾想回学校参加今年学校的女生节，请兄弟们帮我想想办法。"孟一飞说。

"她不是在封闭训练吗？你难道还能把她偷出来不成？"欧洋问。

"集训馆外的围墙不高，但是有条看门狗，我想办法把狗灌醉了，我们就能跳墙出来。"孟一飞说。

"得！你改天搬个马扎，买一斤二锅头，八两花生米，陪狗喝个小半天，肯定能放倒它。"王小川说。

"狗的事儿，我自己会解决，大家有啥好办法，在女生节那天，让咱们联谊宿舍的姑娘们好好风光风光？"孟一飞问。

"行！狗的事你办，姑娘的事交给我。"欧洋镇定地说。

50

孟一飞所说的"女生节",在每年的3月7号。

水木大学有个不成文的规定,在三八妇女节的前一天,学校的男生要精心为女生准备一场节日庆典。在这一天,各系都会挂满口号奇特的条幅向女生致敬,上演丰富多彩的文艺节目,男生们可以向自己心爱的女孩大胆表白,也可以集体向班里为数不多的女生表达敬意。在水木大学,女生本来就是被男生争相宠爱的国家级保护动物,到了这一天,更加的变本加厉。有的班级,男生排着队为女生打水、打饭、占座、送花;有的班级,男生干脆集体出钱,请女同学去五星级酒店海搓一顿或者凑钱给女生买包、买衣服、买首饰,只要是姑娘,在这一天,一水儿的全当作姑奶奶供着。

当日下午,孟一飞潜入体育大学的集训队。天黑透之后,孟一飞在事先说好的接头地点见到了蕾蕾。接头地点就在小操场的内墙下,翻过墙头,只要能顺利摆脱看门狗的追击,跑到小操场对面,就能从铁门上跳出去。

"冷吧? 蕾,让你久等啦!"孟一飞笑盈盈地说。

"少废话,想到什么办法解决掉那只狼狗了吗?"蕾蕾说。

"瞧好吧！"孟一飞满脸得意。

寒风中，孟一飞缓缓地从棉袄的口袋里掏出一个肉夹馍来，拿到蕾蕾面前。

蕾蕾顿时心生暖意，觉得孟一飞好细心，伸手刚接过来，却听孟一飞说：

"给狗准备的，里面掺了不少二锅头。"

蕾蕾心中暗怒，差点一巴掌扇在孟一飞脸上。只见孟一飞顿了顿，哆哆嗦嗦地又从口袋里摸出一个肉夹馍。

蕾蕾暗想，总算还是有点心，知道天寒地冻的，我等他不容易。正要伸手去接，却听孟一飞说道：

"这也是给狗准备的，怕丫酒量忒大！"

蕾蕾登时大怒，一巴掌拍在孟一飞肩膀上说："蹲那儿，让我踩着你爬上去。"

孟一飞闻声乐呵呵地蹲下身体。蕾蕾一脚踩着他的肩膀，扶着墙壁，慢慢向上爬去。本来，以蕾蕾的身手，只要轻踩一下孟一飞的肩膀，便能轻松地攀上围墙，可她心中怒意未消，竟然一连踩了三脚，才慢悠悠地爬上了墙头，直踩得孟一飞心花怒放。

孟一飞随后搬来一块大石头，用嘴叼着装肉夹馍的塑料袋，踩过石头，抠着墙壁缝儿，慢吞吞地也爬上了墙头，他朝操场上大喊了声，门卫已经熟睡，只有看门的狼狗"汪、汪、汪"冲了过来。孟一飞向操场里扔出一个肉夹馍。那黑狗蹿上去，闻了闻，立马大吃起来，没几下便吃了个精光。

"酒量不错啊，小样儿！"孟一飞自言自语着，将另外一只肉夹馍也抛了出去。那条狼狗哼哼了几声，便飞一般地扑了上去。

"行不行啊，你这酒有效果吗？"蕾蕾说。

"有啊，上回在我们宿舍，我就是被这酒放倒的啊！"孟一飞说。

"说不定这狗比你还能喝啊。"蕾蕾说。

"呃……"孟一飞满脸涨得通红，沉默了好一会儿，忽然指着黑暗中的狼狗兴奋地说："看看看，不行了吧，卧那儿了吧，还是我酒量好吧！"

说着，孟一飞迅速跳下墙头，高举双手，正准备接住蕾蕾。蕾蕾却纵身一跃，脚尖轻轻点地，身体稍稍前倾了一下，人便稳稳地站定了。

"好身手，不愧是女排的，跟我第一次见你的时候，一样一样儿地……"

孟一飞正啰嗦个没完，却看到蕾蕾拉住他的手，猛然往前冲去。孟一飞被这个猝不及防的碰触惊呆了——这是他成人之后，第一次主动被女孩攥紧手掌，一瞬间，幸福的暖流直冲头顶。

"快点！那狗又活了！"蕾蕾大叫。

孟一飞回头望去，只见刚刚趴在地上的狼狗，不知什么时候又站了起来，直挺挺地竖着耳朵，眼珠外凸，鼻孔横张，直冒杀气。

"快跑！"孟一飞大叫着，再也顾不上感受这第一次牵手的美好和神妙，随着蕾蕾，迈开大步——可是他只跑出了两步，便"哎呦，哎呦"大叫起来。

"怎么啦？"蕾蕾问。

"我大腿……"话到嘴边上，孟一飞又咽了下去。

"要是我这时候喊大腿根儿疼，一定会让蕾蕾笑话吧！"孟一飞暗想着，咬了咬牙，强撑着又跑出去几步——最后他还是决定放弃了。"既然跑不掉，不如和那只狗拼了来掩护蕾蕾！"孟一飞甩开蕾蕾的手，就近地抄起一块砖头，深吸了一口冷风，蹈死般回身望去，却看到那狼狗已经被他们甩得老远，看上去歪歪倒倒，显然是醉了。孟一飞忍着疼痛，和蕾蕾疾走到操场一角，快速爬上了铁门，终于逃了出来。

"你还别说，你和那条狼狗，跑起来还真挺像的。"跳下铁门的蕾蕾爽朗地笑着说。

"给你，给你这个。"

孟一飞将手伸进棉袄内兜里，竟又摸出一个套着塑料袋的肉夹馍，说：

"刚刚在学校里的时候太害怕了，忘了拿出来给你了，快点吃，还热乎着。"

蕾蕾被孟一飞弄得又好气又好笑，不知怎的，看着他一脸严肃地递过来肉夹馍的样子，竟然感动得眼眶红热，一时间不知道该说些什么，于是她低头咬了一口白吉馍，肉一入口，她便大叫起来：

"孟一飞，你这个笨蛋，这个泡过白酒啦，这么辣！"

"啊，我……我可能搞错顺序了。"

"真笨！"

蕾蕾说着，竟觉得有眼泪轻漾出来——那并不是被某种辛辣的味道刺激到了神经，而是在那个瞬间，她感到被某种久违的天真深深打动了。

51

女生节一大早，欧洋便招呼大家赶紧起床。

"到底是什么样的惊喜？"孟一飞问。

"跟我去学校外的杂货铺的仓库就知道了。"欧洋说。

"哥，你又弄啥神秘玩意儿啊？"王小川问。

"别啰嗦快点，穿校服啊，大家统一穿校服。"欧洋说。

欧洋、孟一飞、马驰、王小川四人迎着晨风走出校园。因为起得很早，除了锻炼和晨读的同学，几乎没什么人看到他们。欧洋带三人径直来到学校东门外一家杂货铺的门口，轻声敲响大门。

"哎呦，同学这么早啊。"老板揉着惺忪的睡眼，好一会儿才走出来。

"嗯！我取一下昨天放在这里的东西。"欧洋说。

"好嘞！欧洋同学，你们上回罢餐的时候，照顾了我不少生意，有机会咱们再一起搞活动呗？"老板笑盈盈地说。

"现在学校食堂的饭菜质量提升了不少，罢餐不搞了，不过以后有活动，一定想着照顾您的生意。"欧洋说。

"好嘞您哪！"老板说着，推开杂货铺的仓库门。

众人以为欧洋一定是在这儿预定了不少零食，伸长脖子向里一张望，只见仓库里端端正正地摆放着一顶玫瑰红色的四人抬大花轿。

"哇塞！"众人异口同声大叫起来。

"哥，你太神了，你咋想到这个的？"王小川问。

"我从戏剧社里找到经常租借戏服的京剧团，用学生证和押金抵押，跟剧团说我们在拍新剧，人家很顺利地就把轿子送过来了。怕在学校太招摇，我就先把轿子藏在这儿啦！"欧洋得意。

"嗨！早知道我就去配朵大红花，咱们一块去把我家蕾蕾抬了，我俩从今儿这就算百年好合啦！"孟一飞憨憨地摸摸胸前，把大伙全逗乐了。

众人围着轿子转了几圈，对着欧洋一阵啧啧称赞，末了，七手八脚将轿子抬了出来。太阳已经爬上了白杨树光秃秃的树杈子，晨风和煦，金辉直泻而下，铺满路面。欧洋眯着眼睛，看到树枝上已拱出三三两两的腋芽，胶金色的芽孢晶晶发亮，像馋嘴的孩童垂涎欲滴的幼齿。欧洋悠悠地想：在这个学霸横行的水木大学里，三年多了，他的世界一直混沌无光、毫无方向，可自从认识了方瑶，自从那颗爱情的种子在他心里破土发芽，他竟会全身心地参加社团、自学吉他、组织学生运动——他似乎又找回了从前那个有灵气、有勇气、有正义感的自己。原来这世间的爱，真如一道让万物焕发生机的光芒，因为这道光芒，让一切平淡有了神采，一切付出有了期待，一切快乐回归天真，一切忧烦无足挂碍。也许青春里最美好的事，便是好好地去爱一个姑娘，让她成为自己的梦想。

花轿一入校园，顿时引来一众男生、女生围观。欧洋、孟一飞、马驰、王小川四人依次抬着方瑶、蕾蕾和黄金凤赶去食堂和教室，下课后又在学校里四处招摇。所到之处，莫不人声鼎沸，招来无数羡慕的目光。孟一飞不住地向轿子里的蕾蕾显摆："怎么样，带你出来过节幸福吗？"众人说说笑笑，一直闹到黄昏。

花轿最后抬着方瑶将她送回宿舍，方瑶用一个婉约的酒窝，给这一天的浪漫与风光画上一个完满的句号。四人正准备归还花轿，却听到校广播站的大喇叭里传来一阵"噗、噗、噗"的声响。

"噗——噗！同学们好，我是校广播站的主持人，今天，很荣幸请到了我们校社团团长董晨师兄，请他为大家说几句话。"

四人瞬间安静下来，大喇叭里传来了董晨的声音：

"大家好，我是董晨，首先祝水木大学所有的女同学们'女生节'快乐！今天有一首特别的歌要送给一位特别的女孩——希望她的戏剧之路一帆风顺……"

广播里随即传来了一阵吉他声，熟练的 solo、简单的和弦，却异常清新悦耳：

"遥远的远方，你脚步轻轻，昨日的清晨，我们年少懵懂……"

众人面面相觑，谁也没有听过这样的一首歌。

王小川忽然拍着脑袋大叫："我天，自己写的歌啊，遥远的远方不就是方瑶吗？清晨，我们年少懵懂，不就是他董晨吗？"

"这是赤裸裸的表白和谄媚！"孟一飞说。

这时候，熊猫馆前进进出出的女孩们纷纷放慢脚步，竖起耳朵，专心地聆听着这首歌，一曲过后，连阳台上的女孩们也爆发出连连的掌声、喝彩声。欧洋沉默着，始终一言不发。王小川凑过来说：

"哥，你也抓紧表白吧，据我得到的可靠消息，董晨跟他京北大学的女朋友最近刚刚掰了。我怕你担心，一直没告诉你。"

"太狠了，这小子真是太拼了。"孟一飞说。

"有笔吗？"欧洋忽然望向大家，马驰从口袋里摸出一个红色笔记本，从笔记本中间抽出一支圆珠笔递给欧洋。

"哎！你去哪儿啊？"望着欧洋迅速跑离的背影，孟一飞一脸疑惑地问。

52

归还完轿子，众人赶回宿舍时，天色已黑。郝彬一言不发地躺在宿舍床头，眼睛直愣愣地盯着天花板。王小川刚坐到他的床头，却被一把推开：

"你衣服干净吗？离我远一点！"

"你带大嫂来参加女生节了吗？"王小川问到。

"少提她。"郝彬恶狠狠地说。

"你这是咋啦？"王小川自言自语地说着，坐到欧洋的床上问："欧洋哥，你那会儿跑出去干吗了？"

"刚刚我跑去六食堂门口抄了个比赛通知，我要在毕业之前，全力准备咱们学校的校园歌手大赛！"说着，欧洋捋起了袖子，王小川看到欧洋的手臂上密密麻麻地写满了小字，是关于校园歌手大赛时间、地点和细节要求。

"欧洋，快毕业了，还是好好把毕业设计弄好，专业课也不要挂科。"郝彬说。

"你不是玩真的吧，你在跟董晨赌气吗？"孟一飞问。

"没有，我是真心地喜欢音乐，在弹吉他的时候，我感觉很开心。"欧洋说。

"心静的时候弹弹琴也不错，犯不上现在开始较劲吧……"马驰说。

欧洋望向窗外，顿了顿，一字一句地说：

"并不是我在安静的时候，才想弹琴，而是我一开始弹琴，整个世界便会安静下来。"

众人听罢，一时语塞，宿舍里忽然冷清下来。孟一飞拍拍脑袋说：

"对了欧洋，我听蕾蕾说方瑶很快要过生日了，不如你送她一份生日礼物，抓紧表白啊！"

"我想给她写封信！"欧洋答。

"噢，写情书喽，欧洋哥哥要写情书表白喽！"王小川起哄说。

孟一飞翻身坐起，撩开头顶上的酒井法子海报说："欧洋，你最近的梦话可有文采了，我看你应该摘抄几段，写给方瑶，一准儿能收了她的心。"说罢，孟一飞情不自禁地念道：

"什么如果不能跟喜欢的人在一起，就算让我做玉皇大帝我也不会开心……还有，我从来都不知道，原来爱一个人是这么痛。还有，还有，昨天晚上我托一只蜘蛛，叫它告诉你，我很想念你，你知不知道呀？"

众人哈哈大笑，欧洋忙解释说："那是上周我和方瑶一起去看的电影《大话西游》里的台词，写信的事，我自己心里有谱，大家快睡吧！"

熄灯后，过了很久，宿舍里的兄弟陆续打起了小呼噜，呼噜声高高低低，像带着和弦似的吉他声似的，让欧洋变得异常兴奋。他索性搬了凳子，走进楼道里，点亮一支蜡烛，思索了良久，蹲在地上，慢慢地写下：

"方瑶，我见到你的第一天，你像一束光一样投射进我的世界，从此……"

欧洋写不下去了，他把纸揉成一团，又思考了好一会儿，重新慢慢写下一段很长的文字，写下了他见到方瑶之后所有的惊慌、喜悦和发自内心的温暖。在收尾处，他又陷入了沉默，思绪挣扎了好一会儿，又将白纸揉成一团，扔在地上。

欧洋重新沉思了好一阵，最后，他飞快地握住笔，工整地写下一行字：

"方瑶，我有两次生命，一次是出生，一次是遇见你。我爱这世界，因为我爱你。"

写下署名之后，欧洋又在旁边，补充写下一行小字：

"生日快乐。晚上九点钟，我在英语系小礼堂前等你。"

将信纸工整地折叠好，欧洋轻手轻脚地返回宿舍。他平躺在床上，手指捏着信封，竖在胸口，像扬起了一道小小的风帆。在这个春寒料峭的晚上，白杨树的腋芽在窗外旺盛地发育着，东南风摇晃着树杈子，"嗖、嗖、嗖"的仿佛在挠动夜空的痒痒肉，满天的星斗都颤抖了。欧洋的胸口暖暖的，在这片刻的安宁里，他的心又一次起航了。

53

由于董晨的出面帮忙，英语系很快答应将小礼堂借给方瑶进行排练。方瑶决定将俄国作家契科夫所撰的经典剧本《三姐妹》，重新改编成四幕话剧，搬上水木大学的舞台。一方面，《三姐妹》重点戏份是三个女人，对演员数量要求不多，便于她掌控、指导；另一方面，剧中三姐妹对精神家园的渴望，对心中梦想的执着，也是方瑶一直以来的追求。

为了保障排练和演出的效果，董晨还招呼武熊健一起参与到方瑶的话剧排练中。那段时间，董晨经常会来排练场帮忙，每次来都会带些零食慰劳演员，看完排练后，也提出一些中肯的意见，让方瑶心存感激。彼时，欧洋正埋首吉他创作，很少主动联系方瑶。只要有时间，他便躲在学校操场的一角专心练琴，偶尔有了歌词的灵感，便迅速记在随身的手写本上。

孟一飞从蕾蕾的口中得知董晨对方瑶攻势迅猛，便在一天晚上，强拉着欧洋去看方瑶的排练。欧洋随孟一飞从侧门进入小礼堂，脑中旋律乱窜，心思还在写歌和练琴上。扮演二姐玛莎的方瑶，在舞台上远远看到欧洋，心中又惊又喜："这个欧洋可真是奇怪，说好来支持我的话剧演出的，却一声不响地玩起了消失，到现在才心不在焉地出现一下。"

方瑶悠悠地想着，却眼见轮到自己登台，正是她送别剧中一见钟情的爱人韦尔希宁去战场的一幕剧，她心中暗想："好一个欧洋，我要好好让你看看我在舞台上神采飞扬的样子，哼！"

　　方瑶大步踱出舞台，并未走近和自己对戏的男同学，而是静静地站在舞台中央，双眼注视着欧洋，声腔清越地开口说道：

　　"韦尔希宁，如果遥远的远方是你的梦想，如果年轻的热血注定挥洒疆场，如果你愿意化作晨曦照亮莫斯科红场，当春风吹乱最后的忍冬藤，离别的季节万物生长。燃烧吧，我的爱人，在这浓黑的夜晚擦亮微芒，起飞吧，我的爱人，张开翅膀去证明你的梦想。"

　　这段戏，方瑶直说得泪光闪闪，感人至深，恳切道白之中却暗藏着执拗与诘问的口气。欧洋不敢直视方瑶的眼睛，缓慢地低下头，舞台周围传来一阵阵掌声。欧洋趴在桌上无所适从，用手指在手臂上反复地敲出一段旋律。

　　"欧洋！"不知道什么时候，方瑶已经走到欧洋的身边。

　　"嗨！"

　　"你觉得刚才那段怎么样？"

　　"很好，嗯，真的很好。"

　　见方瑶没有回应，欧洋挠挠头，木木地说："张开翅膀，去证明自己的梦想，嗯……"

　　"这段关于梦想的台词是我写的，你说说看，到底怎么样啊？"

　　"梦想啊——我觉得梦想就像内裤似的，有还是要有的，逢人就去证明就不好了。"

　　话一出口，欧洋立刻知道自己说错了，他料定方瑶会发现自己刚刚的心不在焉，便迅速起身，说：

　　"我……我先去上下厕所。"

方瑶其实并未生气，忍住心中的坏笑，随手翻开欧洋放在桌子上的手写本。这本子上断断续续地写着一些像诗歌又像歌词的话，字迹清秀而流畅。方瑶翻开写在前面的一首：

　　"我那无言的眼睛，最怕听见你说寂寞。我会放下自己来陪你，最怕看见你哭泣。"

　　"嗯，写得很有味道。"方瑶会心一笑，随即翻开另外的一首：

　　　雪
　　　是怎样的深情
　　　才有这样铺天盖地的吻
　　　这样细碎的，绵延的，却悄无声息的
　　　他亲自为她披上头纱
　　　在白色盛开的季节
　　　沉静而澄明

　　　最后，太阳升起来
　　　嵌在晴空
　　　他和她一起融化
　　　明晃晃的像一场沉默的偶遇
　　　而只有沁入泥土的水
　　　才知道 他们
　　　曾经真的相爱过

　　　　　　　　　　　　——写于跨年夜

一瞬间，方瑶被欧洋这简单的文字，带回到那个天台的雪夜：那沁凉的风，那纷扬的雪，那蜿蜒的灯光，那团让他们一起隐遁在雪夜的哈气，在她的眼前绽放、幻化又倏然消逝……一瞬间，方瑶的心也融化了。

54

　　眼看就到方瑶的生日了，欧洋在校外的市场上转了半天，最终买来一只细巧而精致的玻璃花瓶和一朵盛放的玫瑰，又从化学系同学那里弄来了一大瓶福尔马林溶液。他将玫瑰修剪好，投入花瓶，缓缓地将福尔马林倒入瓶中，瓶身狭长而通透，很贴合玫瑰花的尺寸——一朵永远不会凋谢的玫瑰花就这样诞生了。欧洋围着花瓶端详了好一阵，末了，他急匆匆跑到学校荷塘旁边的花园里，薅了一大把星星草，再将星星草的叶子剪成细碎的小片，然后小心地一层层铺在瓶底。

　　"有了绿叶的映衬，玫瑰才会更加红艳诱人。"他终于满意地点了点头。

　　夜晚，《三姐妹》的排练结束后，欧洋从窗户偷偷爬进英语系的小礼堂，借着幽暗的月光，摸上后台，在一张道具桌上，将花瓶放好。又从书包里取出一封信，在信封上匆匆写下：

　　致方瑶

　　　　　　　　　　　　　　　　　　　　——欧洋

欧洋将信封压在花瓶下，轻手轻脚推开小礼堂的窗户，正准备纵身跃下。忽然，听到身后传来一串脚步声，心中大惊。

　　"欧洋，是你吗？来找方瑶的吧？"

　　"呃……"

　　欧洋正迟疑着，战战兢兢地转身回望，看到昏暗处一个十分苗条的身影，手中正轻轻地盘着一盘电线。

　　"武熊健……啊！熊健，你好，怎么这么晚，你还没走？"

　　"排练到最后的时候，灯光出了点问题，我修理了一下配电箱。"

　　"哦，方……方瑶已经走了吧，那我去找她。"欧洋吞吞吐吐地说着，推开窗户，正想跳下去，忽然想到："武熊健一定没发现自己是爬窗户进来的，嗯，决不能让他知道。"于是赶忙收回手臂，将窗户关紧，说：

　　"我关一下这窗户，马上就走。"

　　"方瑶这部戏排得特别好，我觉得能演出的话，一定能引起轰动。"

　　欧洋连忙点头应和，走到礼堂后门，转身对武雄健说：

　　"熊健你辛苦啦，我替方瑶谢谢你！"

　　欧洋说着，逃命般猛拉一把门把手，谁知门板"哐当"一声，发出剧烈的震颤。武熊健大叫道：

　　"欧洋，你怎么回事，后门锁了你不知道吗？你刚从哪儿进来的啊？"

55

周末一早，董晨便带了早餐赶到小礼堂，等方瑶和演员们来排练。他很快在后台看到那个别致的花瓶，就走过去抽出了花瓶下面的信封。

"哎呦，原来是方瑶的生日礼物啊。"董晨心中一惊，麻利地拆开了信封，飞快的扫过上面的字迹：

"方瑶，我有两次生命，一次是出生，一次是遇见你。生日快乐，晚上九点钟，我在英语系小礼堂前等你。"

董晨禁不住冷笑了一声："幼稚！"他连忙打开窗户，准备将花瓶和信一起扔出窗外。可是在窗户被打开的刹那，他忽然想到了一个更加漂亮的主意。

董晨抽出那封短信，夹在自己书包的本子里，又将信封原封不动地放在桌子上，举起花瓶，迅速将玫瑰花、星星草连同福尔马林溶液一起倒出窗外。末了，他又举起花瓶闻了闻，瓶中弥漫着淡淡的药水味。于是他托住花瓶，跑向楼道口的洗水间，做了简单的冲洗。然后用抹布轻轻将花瓶擦干，重新压在了信封上。

一切重新回归了平静，董晨的心也镇定下来。

"董晨学长？"

身后传来一个女生的呼唤，董晨随即闪出招牌式的阳光笑脸，缓缓转过身，只见方瑶和另外两个女主角已经一起走入了小礼堂。

"给你们准备了早餐。"董晨一手按住自己的背包，一手高举着塑料袋说。

"哇噢！"三个女孩一起惊呼。

"咦，这是什么？"扮演大姐奥尔迦的女孩看到了花瓶。

"是给方瑶的！"扮演三妹伊莉娜的女孩举着信对方瑶说。

方瑶接过信封，心中一喜，看到封面的字迹，便迫不及待拆开了信——可是那封信竟然是空的。再看那桌上的生日礼物，是一个细长而精致的花瓶，顿时感到一头雾水。

"方瑶，原来今天你生日啊——好特别的生日礼物！"奥尔迦说。

"是啊！是啊！为什么送一个空花瓶呢？"伊莉娜问。

董晨缓缓地走过来，对方瑶说：

"方瑶，让我也表表心意吧——知道今天是你生日，我前几天特意托人去北京人民艺术剧院，订了晚上的话剧票——不过，这不是什么贵重的礼物，你一定不要拒绝我啊。"

"哇！是什么话剧呢？"方瑶惊喜地问。

"暂时是个秘密，去了就知道！"董晨得意地点了点头。

看到奥尔迦和伊莉娜还在为礼物的事争论着，董晨打开塑料袋，将早点分给她们，一脸无辜地说：

"只有信封，没有信，是说收信的人没有什么内涵吧，另外，送花瓶就是'花瓶'的意思嘛——这是我猜的啊，不过欧洋确实是个很奇怪的人！"

两个女孩边吃边点头，董晨向三人道别，走出礼堂时，又特意叮嘱方瑶说："晚上我来接你去人艺看话剧，一定不要拒绝我哦！"

"嗯！谢谢董晨团长，谢谢你的早餐。"方瑶远远地回应着。

56

已经过了晚上9点钟，欧洋独自徘徊在小礼堂外，今晚没有排练计划，礼堂里黑着灯，好像他密不透光的心事。

欧洋曾一度幻想着，方瑶收到他的礼物时的兴奋、紧张和满心欢喜，也许不用等到今晚9点，方瑶便会打宿舍电话找到他。也许，等到下周末，方瑶已经以他女朋友的身份，来学校助阵校园歌手的比赛了。

可是太阳一尺一尺地爬到天顶，黄昏一寸一寸暗淡下来之后，欧洋竟没有收到方瑶的任何消息。

"一定是我的表白太唐突，让她紧张了。"

"又或者是她根本没收到礼物？"

"不，不可能，她一定收到了！"

"或许她就在来的路上了，再等等吧，再等等……"

欧洋心中胡思乱想着，沿着礼堂外的小径，来回踱步，迎面陆续走来一些牵手相行的情侣，他们或说笑着或沉默着，偶尔对视偶尔争执，这多情的世界上似乎只有他是多余的、虚幻的、百无一用的。草丛间夜游的小虫，划过欧洋的耳畔，擦出寂寥的嘤嘤声。花径的尽头，孤零零挺立着一盏路灯，灯光晕黄而幽暗，像一只人老珠黄的眼睛。海棠树上粉白的花片，在温风中缓缓剥落，像细碎的雪，又像干涸的泪痕。他不敢正视这只眼睛，所以离它很远，他转过身，看着自己斜斜的影子，孤独地在地上缓慢地生长着，心中淡淡地叹道：

"原来，一个人的影子，是这世界上最孤独的建筑。"

那一晚人艺上演的是话剧《屈原》，看完话剧，方瑶随董晨一起走出剧场时，还沉浸在刚刚的表演中，她的耳畔又想起剧中的宋玉在高声朗诵屈原的《橘颂》时的场景：

　　啊，年轻人，你与众不同。

　　你志趣坚定，竟与橘树同风。

　　你心胸开阔，气度那么从容！

　　你不随波逐流，也不故步自封……

"真好！"方瑶情不自禁地说道。

"什么真好？"董晨问。

"董晨学长，谢谢你的生日礼物，这场《屈原》好精彩。"

"以后，就叫我董晨好啦！"

"嗯，谢谢你，董晨！"

忽然，方瑶觉得自己的裙子被猛抽了一下，低头一看，竟是一个卖花的小女孩，忽闪着大眼睛望向他们。

"叔叔，给姐姐买一束花吧？"小女孩怯生生地说。

董晨蹲下身子，将小女孩从方瑶身边抱开：

"首先呢，你叫错了人，叔叔是和要阿姨一起叫的。"董晨指了指方瑶说："你叫她姐姐呢，就应该要叫我哥哥！"

"哥哥！"

方瑶"噗嗤"一下被逗乐了，刚要阻止董晨买花，却看到他已经从口袋里摸出钱包，对着小女孩说：

"哥哥问你，是不是还没有吃晚饭啊？"

"嗯！"小女孩眨眨眼睛说。

"那哥哥多买几枝花，你快回家吧。"董晨一边说，一边接过花束，不由分说地递给了方瑶。

方瑶有些尴尬地捧着花束走回学校，心中暗想："还好夜色已深，不然又要被同学误会了。"想到这里，她不自觉地加紧了脚步。

"不用担心，我送你到楼下，慢点走好啦！"董晨说。

"不用啦，董晨，我自己回去就好。"

"那怎么行，把姑娘完璧归赵地护送回熊猫馆，是本校一直以来的优良传统。"董晨打趣着。

一路上方瑶都觉得战战兢兢，路过英语系小礼堂的时候，忽然远远地看到了欧洋。

"欧洋？欧洋——"方瑶大叫了两声。

其实是欧洋先看到了董晨和方瑶的，他本应该在那个瞬间选择躲开，可双腿却灌了铅似的不停使唤，尤其当方瑶靠近她时，她手中那一束红艳的花朵，更是深深刺痛进欧洋的胸腔，他愣住了，甚至完全懵掉了。

"生日快乐。"欧洋的祝福显得有些虚弱。

"谢谢，欧洋，你的礼物和信我都收到了。"方瑶说。

"喜欢吗？"欧洋问。

"很特别，不过……"方瑶正迟疑着，看到欧洋直愣愣地盯着自己的双手，便赶忙将花束回递到董晨手中，快步朝欧洋走过去。这串细碎而急促的脚步声，让欧洋感到浑身紧绷，无所适从。他迅速将脸颊转向路灯，转向那只老眼昏花的眼睛，迎着光，疾步跑开了。

"欧洋，你的礼物很特别——"

狭长的花径上，只有方瑶的呼唤声轻声回荡着。

57

一连几天，孟一飞都没见到欧洋出现在课堂上。导师已开始对毕业设计进行中期审查，可是欧洋却迟迟连开题报告都未上交，急得孟一飞、王小川和马驰在校园里四处找他。

时间已经走到这个春天的尽头，阳光穿过白杨树叶子的罅隙，照得人眼睛明晃晃的。"或许方瑶已答应做董晨的女朋友了吧？"欧洋心痛地坐在操场的石阶上，一声不响，想着晚上即将到来的比赛，在时断时续的琴声中陷入深思：

"这简单的琴声，竟是那样无辜、纯净、悦耳动听。当我拨动琴弦的时候，世界便安静下来：雪落的声音，花开的声音，腋芽破开枝杈，在春天抽条疯长的声音，一簇一簇地绽放在耳边。不管方瑶会选择谁，不管结果会是怎样，既然我答应过她要参加比赛，无论如何我都要坚持下来。"

"欧洋——"

远远走来的孟一飞、马驰和王小川三人终于看到欧洋。孟一飞喊道：

"找了你那么久，原来你躲在这里。"

"欧洋哥，老师点名批评你好几次了，哥几个扛不住了。"王小川说。

"先回宿舍吧，看看班长有什么办法。"马驰说。

欧洋不声不响地跟着三人走回宿舍，推门进屋，却看到郝彬灰头土脸地坐在自己的床铺上，一言不发，额头上绽出了几道血淋淋的口子，双眼通红。

"老大，你咋啦？"王小川问。

"怎么回事，怎么回事？"众人迅速围过来。

"我……秋月的男、男朋友从国外回来了。"郝彬吞吞吐吐地说。

"什么？你女朋友的男朋友从国外回来了？这是什么情况？"孟一飞抢着问。

"是秋月，她、她男朋友去国外交流学习了两年，他们一直联系着，是我一直傻乎乎的以为自己多重要……"郝彬说。

"那你不是糊里糊涂地给人家做了回第三者？"王小川说。

"不管怎么说，打人总是不对的，再说了，秋月之前隐瞒了事实，大哥并不知情啊，他也是受害者。"马驰说。

"哎……"郝彬连声叹气。

"那男的叫什么？"欧洋问。

"王……王宇峰。"郝彬说。

"我找他们说理去！"说罢，欧洋将手中的吉他在床上放定，转身摔门而出。

孟一飞、马驰、王小川和郝彬迅速追了出来。

58

　　欧洋大步走在最前面，眼睛瞪得能冒出火星子，郝彬本想着能拉住众人，可看到大家杀气腾腾的样子，便也硬着头皮冲了出来。众人很快赶到京北大学，四处打听"王宇峰"的下落，可一连问了好几个同学，谁也不知道。

　　欧洋说："还是打听秋月吧，估计他们肯定在一起。"

　　"嗯，嗯！"众人纷纷点头，郝彬忽然指着操场上打篮球的一个瘦瘦的男生说："在那儿，那个就是王宇峰。"

　　欧洋等五人一起冲进篮球场，将王宇峰围在中间。王宇峰一脸的不屑，指着郝彬的额头上的血口子说："呦，长能耐了？兄弟多了不起啊？Chicken，Get the hell out of here！"

　　说罢，大手一挥，一群打篮球的人立刻围了上来，将欧洋五人团团围住。

　　孟一飞心中一惊，忙拽住欧洋的袖子。京北大学的同学，纷纷开口问：

　　"怎么回事？说清楚呢？"

　　"犯不上动手吧，先把道理说清楚吧。"

"你们这帮学理工的，知道什么叫仁义道德吗？来，咱们先理论理论。"

欧洋大怒，伸出两指指着众人说：

"都给我闪开，我今天是来打架的，不是来讲道理的！"

孟一飞心中战战兢兢。没想到欧洋这话一出口，众人"呼啦"一下竟闪出一条道路来。欧洋挥着拳头朝王宇峰直冲过去。王宇峰见势不妙大叫："兄弟们上……"可这话说了一半竟被他咽在肚子里，撒腿就跑。

"嘿，别走啊，先摆事实讲道理啊！"

"怎么回事啊，先把话说清楚啊。"

"你们这些人，懂不懂君子之道，动口不动手呢？"

篮球场上，京北大学的学生还在七嘴八舌地议论着。孟一飞、马驰、王小川、郝彬四人已紧随欧洋猛追了上去。

王宇峰被五人围追着直朝宿舍楼舍命狂奔，末了，冲进了他的宿舍，慌乱中抓起一个暖水壶站在凳子上，望着随后赶来的五个人说：

"你们谁敢先上来，我就跟谁同归于尽！"

他吓得脸色惨白，浑身颤抖，完全没有注意那暖瓶的木塞子已经滚落在地上，只是战战兢兢地立在凳子上，假装手中举着满壶开水的样子，瞪大眼睛，吓唬着众人。

孟一飞看到地上的木塞，眼球骨碌一转，朝欧洋使了个眼色。

"滚下来！"欧洋一脚踢飞了滚落在地上的暖壶塞子，大手一挥。众人七手八脚地将王宇峰扯了下来，一阵乱拳。刚刚跑进宿舍的王小川忽然大喊：

"校保卫科来人啦，快跑！"

"奶奶的，说好茬架的，你丫还动用官方武装力量，真没种！"孟一飞最后踢了王宇峰一脚，随欧洋等人一起跑出宿舍。

"别说话，低头一起走。"欧洋说。

不知何时，京北大学校保卫科的人已经跑上了楼梯.众人闪出宿舍，个个低着头假装是京北大学的学生，和保卫科的干事擦肩而过，刚刚错开两米开外，只见满脸乌青的王宇峰冲出宿舍，指着欧洋等人的背影，歇斯底里地高喊：

"就是他们几个，快抓住他们几个！"

欧洋大惊，忙招呼大家快跑。众人迅速冲下楼梯，最后一个跑开的欧洋，却一脚踏空，径直从楼梯上滚了下来。

"啊……"

欧洋发出杀猪般的嘶号，随即被校保卫科追来的干事按在地上，孟一飞、马驰、王小川、郝彬四人也纷纷被抓。很快，孟一飞等四人被扭送到水木大学的保卫科，欧洋因为双腿擦破，又摔成轻微的骨裂，在校医务室做了简单的包扎后，也被送回了水木大学的保卫科。

59

黄昏，戏剧社的社长让方瑶送一份演出申请给董晨。为了赶着给欧洋晚上的比赛加油，方瑶和蕾蕾逃了一小会儿课，提前溜出教室。蕾蕾决定先去赛场看晚上的彩排，方瑶则匆匆赶到校社团的办公室。

董晨还没有赶过来，方瑶坐在董晨的办公桌上，忽然，她看到一叠文件下面，露出一张写着欧洋名字的白纸。方瑶好奇地将白纸抽了出来，赫然发现这是一封欧洋写给自己的信。

"方瑶，我有两次生命，一次是出生，一次是遇见你。我爱这世界，因为我爱你。生日快乐，晚上九点钟，我在英语系小礼堂前等你。"

方瑶恍然大悟：原来那晚欧洋是专程在礼堂前等自己，而董晨不但偷走欧洋的这封短信，还暗度陈仓地在当晚请自己去看话剧，买了大把的鲜花，故意在欧洋面前招摇过市……方瑶越想越怕，心中不禁倒吸一口冷气。

"方瑶，你早到了，知道你要来，我去买了汽水给你！"方瑶身后传来董晨的声音。

"欧洋的信为什么会在你这儿？"方瑶指着桌上的信说。

"你误会了——嗯——好吧，我承认，确实是我拿了，那又怎么样？"董晨回应说。

"董晨，没想到你是这样的人！"方瑶说着，抓起桌上的信纸，转身要走。董晨却一把拦在前面说：

"方瑶，这事儿我是错了，我先道歉，为了一个欧洋不值得的，你知道我为你付出了多少吗？"

"什么？"

"你一进戏剧社就直接演女一号，为了让你排练自己的话剧，我特批了经费，求英语系借了场馆，求音控师陪着你们一块彩排……"

"你住口,这样的施舍我不要,收回你的好心吧,这个话剧我不排了。"

方瑶说着，一把推开董晨，头也不回地走进暮色之中。一路上，方瑶心里慌慌的，刚刚在宿舍坐定，和黄金凤闲聊了几句，就听到蕾蕾气喘吁吁地冲进门来：

"方瑶，不好了，不好了，欧洋他们出事了！"

"别着急，慢慢说。"

"刚刚我去看了彩排，没有找到欧洋和孟一飞。去他们自习室一问才知道，他们在京北大学出事了，现在被关在咱们学校的保卫科里！"

"出什么事了知道吗？"

"不知道，但他们的辅导员和系主任都赶过去了，估计今晚要被关在里面写检讨了！"

"蕾蕾，你别急，你先去比赛场地，看看能不能求评委把欧洋的节目改到最后，我去保卫科看一看？"

"啊？方瑶，你去保卫科能把他们救出来吗？"

"时间紧张，只能试试看啦。"方瑶说完，便背上书包走出了宿舍，旋即又折进门，对正在大口吃面条的黄金凤说："金凤，麻烦你等下吃完去趟欧洋宿舍，看看他的琴在不在——在的话，等下拿了琴，咱们在赛场会合。"

60

一路上，方瑶陆续听到有同学谈起建筑系的人在京北大学打架的事情。当听一个同学说起"还有人受了伤，在校医院打了绷带"的时候，她的心忽然按捺不住地狂跳起来。

"但愿不要是欧洋，但愿别有什么大事。"

不觉之中，方瑶加快了自己的脚步。

"同学，你找谁？"

"啊？"

方瑶被一个疾步下楼的老师挡在面前，着实一惊。

"你哪个班的？有什么事吗？"

"我，我是——建筑系的。"方瑶试探着说。

"找你们班今天那几个惹事的同学是吧？你回去吧，你见不了他们，今天晚上他们都被关这儿了。"

"老师——是，是我们辅导员让我过来的，给他们送纸和笔来的，估计是让他们写深刻的检讨吧。"

方瑶指着自己斜挎的书包说。

"哦，3楼307啊，你不要进去了，交给门口那个小同志就好啦。"

"谢谢老师。"

方瑶疾步走上楼梯，踮起脚尖从楼道的玻璃向外张望，确认那老师走远后，才轻手轻脚地走上楼梯。她小心地探出头，看到三楼的一间门外，一名年轻的保卫科干事正端坐在一把椅子上。方瑶并没走向那名干事，而是趁他不注意的时候，飞快地跳上了四楼的台阶，径直跑向天台。

　　"入门绝对走不通了，不如到楼顶上看看能不能联系上他们。"

　　从四楼到楼顶天台，仅有一架老旧的木梯子相连。方瑶摘下书包，双手紧紧地抓住梯子，小心地攀了上去。通向楼顶的通道门上盖着一个厚厚的木盖子。木盖子很重，方瑶用力推了推，它只是微微翘起了一下边沿，旋即又死死地扣住。她沉思了片刻，重新攀下木梯子，从书包里取出几支圆珠笔，横咬在口中，再次爬上木梯。

　　方瑶一只手撑紧木盖，一只手将圆珠笔从木盖和楼顶石板连接的缝隙处塞了进去，在双手推动木盖子的瞬间，用一只手肘将圆珠笔顶进缝隙深处，然后再插入一支笔，推动木盖，再将笔身顶入缝隙之中，如是几次，当几支圆珠笔插入缝隙之后，方瑶用尽全力朝一个侧面猛推木盖子，在圆珠笔的滚动下，木盖终于滑动开来。

　　方瑶终于长舒一口气，连忙攀上楼顶。可当她完全站在楼顶时，双腿却情不自禁地颤抖起来。

　　"哇，好高啊。"

　　一向恐高的方瑶，试探着将脚迈出去，大腿却僵木得不听使唤，额头上很快渗出了汗水。天色慢慢暗淡下来，眼看就到了欧洋参加比赛的时间了。方瑶咬咬牙，拭去汗水，将眼睛眯成一条缝，尽量不去看楼下的地面，向着楼顶天台栅栏的方向，一寸一寸地挪动着自己脚步。

　　欧洋、孟一飞、王小川、马驰和郝彬五人被关在保卫科的顶楼里。欧洋瘸着腿，拄着一根从校医务室里拿出来的拐杖，在屋里来回踱着步。

保卫科的干事推门进来说：

"你们系主任刚刚来过了，说这次性质恶劣，今晚关你们一夜，好好反省，深刻检讨！"

"这怎么行？我今晚要参加比赛！"欧洋大叫着。

"老师，您高抬贵手吧，他参加这比赛，也是为校园争光。"孟一飞说。

"今晚参加亚运会也没辙！"保卫科的干事说着，嘭的一声关上了门。

"哎，都怪我！"郝彬懊恼地说。

"是我太冲动，连累你们！"欧洋急得直拿拐杖来敲地。

"我看看有多高，咱们直接跳窗吧？"孟一飞推开窗子。王小川趁机凑过来，向下望了望说："妈呀，有十米高，不成啊，跳下去手脚肯定都摔断了。"

"要是能有东西拉着，咱们能挪到下水管道旁边，也许就能爬下去了。"孟一飞说。

众人正争论不休，欧洋忽然看到窗外楼顶上竟然飘下了大片大片的碎纸，像下雪了似的。他将头探出窗外，看到方瑶正眯着眼睛，双手抓住天台上的栏杆，紧张地向下投着碎纸片。

"方瑶，你怎么来啦？"欧洋问。

"小点声，我来救你们出去。"方瑶说。

"你怎么上去的，你不恐高吗？"欧洋又问。

"我没事，我不往下看，我往远处看。"方瑶答道。

欧洋觉得方瑶眯着眼睛向下张望的样子，又可爱又让人心疼。刚想喊她撒下去，却听方瑶喊道："把你们的皮带系在一起扔给我，我绑在天台的护栏上，你们抓着皮带就能逃下去啦！"

孟一飞抢着说："好主意，我看行！其实三楼并不太高，抓着皮带，挪到下水管道边上，一准儿能顺下去！"

"嗯嗯！"郝彬点头迎合着，已经抽出了腰间的皮带。

孟一飞望向马驰和王小川。

"我们没有皮带啊！"两人异口同声地答道。

孟一飞怒道："没有皮带，把上衣扒了，再不够长的话，裤子也脱了！"

郝彬补充道："快点，别耽误了欧洋的比赛。"

众人一阵忙乱，用皮带和皮带、皮带和上衣相连，绑成一条长长的带子，栓在欧洋的拐杖上，从窗户顶上递给了方瑶。方瑶眯着眼睛摸索了好一阵，最终抓住了拐杖，将皮带牢牢绑在护栏上，朝下面轻声说道："已经绑好啦，小心一点啊！"

"会不会很难爬？"欧洋一脸疑惑。

"没事，没事，以前我救我家蕾蕾的时候，比这可难爬多啦，当时还有一条狼狗在下面，我都不害怕呢！都闪开，我第一个！"孟一飞说着，蜷缩着身子，钻出窗外，他小心地伸出一只手抓住皮带，另一只手抠着墙上的缝隙，慢慢挪动着身体。忽然，他的两腿像钳子一样迅速张开，又麻花似的死死箍住了身旁的下水管道，双手一阵猛捣腾，终于滑向了地面。

接着，王小川、马驰、郝彬也陆续爬出窗子，借助皮带，攀住下水管子，顺利逃脱。方瑶抱着拐杖，也从楼梯上跑了下来，众人焦急地望向欧洋，欧洋咬咬牙，忍着腿伤的疼痛，慢吞吞地从窗户里钻了出来，他抓紧手边的皮带，将身体荡开，迅速抓住就近的下水管道，两腿趁势将铁管夹紧。谁知，刚一发力，腿上的伤口就痛得他嗷嗷直叫。吓得下面的人齐声轻呼："小点声——小心被发现啦。"欧洋忍着剧痛，额上渗出黄豆大的汗水，每向下滑一米，便忍不住"哎呦"几下。终于，离地面还有 5 米左右的时候，他手臂一颤，突然从下水管道上跌了下来。

"啊！"黑暗中方瑶失声惊呼。

郝彬、孟一飞、马驰、王小川四人奋不顾身地张开手臂冲了过去，欧洋擦着众人的手臂猛砸下来，幸好王小川的身高矮众人一截，落地前，欧洋的身体撞在了王小川的肩膀上，两人迅速滚成一团，摔在土地上——万幸，欧洋只是擦破了一点手臂，把屁股摔得生疼而已。

众人一阵唏嘘，两个人双手提着裤子，两个人光着膀子，一个人瘸着腿，还有一个本该温婉端庄的女生却披头散发，狼狈的一群人匆匆滑入了水木大学的夜色深处。

61

蕾蕾向晚会的主办方和评委说了很多好话，才将欧洋的出场顺序调到了最后。可是临近比赛结束，还是不见方瑶和欧洋的影子。主持人优雅地走上舞台，轻声说：

"下面有请，咱们水木大学电子工程系知名歌手——李小健同学。最后一位参赛选手，建筑系的欧洋同学请准备。"

追光灯聚焦在一个短发、清瘦、白净的男生身上，只见他轻盈地走上舞台，朝观众深鞠一躬，一开口，那干净、清洌的宛如寒泉横流、金铁铮琮的天籁之音，便引起了台下不小的轰动。

蕾蕾焦虑地拉着身旁抱着欧洋吉他的黄金凤走出比赛大厅，在进门口的路灯下急得团团转。

李小健一曲唱罢，台下旋即响起雷鸣般的掌声。主持人停顿了片刻，才走上舞台，缓缓说道：

"由于今天二十号选手欧洋，到现在还没有出现，今晚的比赛到此……"

"等一下——还有一位——还有一位！"冲在最前面的王小川，光着膀子，像一尾水滑的泥鳅，吱溜一下钻进了比赛大厅，引得众人哈哈大笑。接着，几个灰头土脸的男生，笨拙地抬着一个打着绷带、翘着腿、龇牙咧嘴的男生，以及一个抱着吉他，一个抱着拐杖的女生，一起涌入比赛大厅。

众目睽睽之下，欧洋僵直地翘着脚，几个男生像抬着一柄巨大的圆规似的，将他搬上台阶，戳在舞台中央。可是屁股上的剧痛让欧洋根本坐不下去，他只得抱着吉他，一条腿撑住地面，一条胳膊夹紧拐杖。

"哇塞，郑智化！"

台下传来一阵叫嚷和短促的笑声。

"同学，对不起比赛已经结束了。"主持人说道。

"啊？！"

欧洋倒吸了一口气，众人齐刷刷地愣在舞台上。这时候前排评委席上，一个叫高大松的评委，慢悠悠地站了起来，他撩了撩头顶的长发，圆嘟嘟的脸上闪过一个和蔼的微笑，示意主持人说："给他个机会吧！"

众人立即散去，欧洋在舞台中央调了调琴弦，随即亮出一段明快、悦耳的solo，台下的观众迅速安静下来。欧洋松了一口气，身体一倾，伤腿着地，钻心的疼痛旋即直戳心脏。

"啊噢！"

欧洋大叫一声，一脸狰狞的表情。孟一飞见状，连忙拉着郝彬从幕布后走上舞台，他们俩一人架住欧洋一条胳膊，让欧洋稳稳地站在舞台中央。王小川、马驰、方瑶、蕾蕾和黄金凤也匆匆跑上舞台，大家站成一排，相互搭肩，将欧洋稳稳地扶住。

众人一起郑重地向评委深鞠一躬，示意重新开始。欧洋战战兢兢对着麦克风说："这是我刚刚写好的一首歌，歌名叫《爱上你我很快乐》。"说罢扫动琴弦，轻声唱道：

我只想告诉你，爱上你我很快乐

就这样看着你，我永远不会转过头

怎么说你才懂，爱一个人的滋味

你是否看得清，我那无言的眼睛

最怕听见你说寂寞，我会放下自己来陪你……

舞台上，灯光亮得人睁不开眼睛。欧洋看不清台下观众的表情，他不确定是否有人喜欢这首歌，只有练习了上千遍的和弦指法，带着指尖纤细的疼痛，如蜂蝶穿花般在木琴上轻盈地弹跳着。一曲唱罢，台下安静极了，欧洋紧张地站在舞台中央。孟一飞和马驰见状，连忙松开欧洋，带头鼓掌。谁知这一松手，欧洋的伤腿再次着地，他不禁大喊了一声：

"哇啊——"

一瞬间，台下的观众却像被点燃了似的，在欧洋的这声呼喊中，爆发出雷鸣般的掌声、叫好声，经久不息。

过了好一会儿，高大松评委手拿一张白纸，缓缓走上了舞台，示意让大家安静下来，郑重地宣布了本届水木大学校园十佳原创歌手的名单。最后一个念到的是欧洋的名字，众人一起嗷叫欢呼起来，高大松走到欧洋身边，将一个印着"十佳歌手"的奖杯交给欧洋，拍拍他的肩膀说：

"小伙子，加油啊！"

众人簇拥着，一起将欧洋抬下舞台。欧洋这才想起来，整个晚上都没有来得及向方瑶说一句"谢谢"，他回过头，看到方瑶背着他的吉他跟在众人后面，兴奋地踮起脚尖，像踩着一串音符似的，边跳边唱，可爱极了。欧洋很想叫出方瑶的名字，可他忽然想到那晚在英语系小礼堂前，看到方瑶和董晨在一起的场景，迅速转过头，闭上了自己的眼睛。

"你好，你是欧洋吧，你的歌我很欣赏，这是我的名片。如果今后想在这方面发展，可以随时来找我。"

　　一个西装笔挺的光头中年男人，走到欧洋面前，递上了自己的名片。

　　"陈良经理，新飞鸟唱片公司？"欧洋挣扎着站起来问："你是说，我可以找你出自己的唱片吗？"

　　光头男人笑了笑说："如果今后想在这方面有发展，可以随时来找我。我很看好你啊！"

　　"哇哦！"人群中爆发出连连的欢呼声。众人吵嚷着："一、二、三！"一起将僵直着身体的欧洋托举起来，抛向半空。欧洋只得翘着一条石膏腿，伸开双臂，如盛放的野花，四肢腾空，像个飞行中的鸟人。

　　黑暗中，方瑶也露出会心的微笑。

62

"因打架滋事、公然扰乱校园秩序，经校领导研究决定，对以下六位同学予以处分如下：建筑系欧洋，留校察看；建筑系郝彬、孟一飞、马驰、王小川严重警告处分；外语系方瑶，警告处分……"

大喇叭里正播报着处分通知，躺在校医院病床上的欧洋，却嗷的一声，从床上窜了起来。郝彬、孟一飞、马驰、王小川赶紧将他死死地按住，正骨医生厉声说：

"你再这样不配合，要留下残疾的！"

"嗯，嗯！"

欧洋点点头，重新瘫倒在床上，王小川急忙拿毛巾擦了擦欧洋脸上的汗水，说：

"哥，再忍忍，再忍忍啊！来，叼着这条毛巾，我看电视上的人，都是这么整的。"

王小川说着，将欧洋擦过脸的毛巾对折，塞进欧洋张大的嘴巴里，双手死死地搬住他的脑袋。

方瑶和蕾蕾就站在病房外，透过玻璃窗，紧张地向里面张望着。过了好一会儿，医生总算松开了欧洋的大腿，众人长舒一口气。方瑶轻声对蕾蕾说：

"你帮我把这些营养品送给欧洋吧，他现在可能还误会着我，我先不进去了。"

蕾蕾点了点头，目送方瑶离开，推门走进病房。

病床上的欧洋看到蕾蕾进来，心中一喜，旋即向她身后张望，却不见方瑶的踪影。孟一飞乐呵呵地凑到蕾蕾面前说：

"蕾，你来啦，辛苦啦，给我提着吧。"

"蕾蕾，方瑶……方瑶是不是最近排练很辛苦？"欧洋忍着疼痛，吞吞吐吐地问。

"她——排练已经停下来了。"蕾蕾说。

"为什么？就因为我们打架，学校给了我们处分？可这跟方瑶有什么关系？"欧洋说。

"嗯，系里把小礼堂收回去了，说是要开毕业生就业指导会用。"蕾蕾说。

"不行，我要找他们系主任说理去！"欧洋说着，便要挣扎着坐起来，却被孟一飞和郝彬一把按在床上。

蕾蕾顿了顿说："欧洋，你好好休养吧，方瑶也希望你能早点康复，对了，东西都是她买给你的。"蕾蕾说完，便转身告辞，孟一飞迅速跟了出来，在校医务室的走廊里拦住蕾蕾，问道：

"你告诉我到底为什么不让排练？"

"是董晨，他主动找到英语系的主任说，方瑶受了处分，继续排练可能会牵连到系里的荣誉问题。"

"又是丫的，我揍他去！"

"孟一飞，你能不能理智一点！除了打架你还会干别的吗？"

蕾蕾勃然大怒，绕开孟一飞顾自朝楼梯口走去。孟一飞立刻嬉笑着追了上来。蕾蕾高声说：

　　"孟一飞，你是北京人，从小就能享受很好的教育资源，做人很轻松，也很浮躁。可是在我们青海，读书是一件很不容易的事，成千上万的学生，要下很大的苦功，非常努力，才有机会走进大学，我很讨厌你身上这种浮皮潦草的性格，在我心里，我只欣赏那种会脚踏实地做事的人！"

　　蕾蕾说罢，头也不回地大步走开了，她的话像一把把小刀似的，直刺破了孟一飞最后的自尊心。孟一飞站在原地，身体僵直地倚在回廊的墙壁上，像一幢被定向爆破的违章建筑，瞬间便垮塌下来。

63

腿伤没有还好利索，欧洋便迫不及待地挂着拐杖去找武雄健帮忙。

"雄健，排演话剧是方瑶一直的梦想，我希望这一次你能帮帮她。"

"我能力有限，英语系不让排练了，我也爱莫能助。"

"英语系不行，我们可以找别的地方试试。"

"哪里？"

"七食堂。"

"开玩笑。"

"我和孟一飞找过他们的领导了，上次罢餐的事儿之后，他们很配合。"

"七食堂没有道具，没有音响，没有调音台，没有灯光设备，你让我怎么排？空手套白狼吗？"

"雄健，我希望你重新去做这部话剧的舞美。设备，道具，灯光，我会找同学一点一点搬过来，如果需要配乐，我来现场伴奏也可以。"

"这……"

"雄健，上次在小礼堂，你说方瑶这部戏写得很出彩，如果能公演一准儿轰动全校。我想你也一定希望排练了这么久的话剧，能按期上演吧。"

"哎！"武雄健长叹了口气，扭动着细腰杆说："我真是服了啦，你可真是一条道儿走到黑的倔驴脾气啊，好吧好吧！"

　　欧洋兴奋地差点撒开拐杖跳了起来，他顾不上腿伤的疼痛，连忙一瘸一拐地跑去找同学，敲定了搬设备的事，又单独约蕾蕾出来，请她帮忙把这个好消息转告给方瑶。

　　"蕾蕾，别告诉方瑶是我联系的场地，让她多感谢舞美吧。"

　　"欧洋，你和方瑶可真有意思，一个冒着那么大风险营救对方，一个忍着腿伤去帮忙联系场地，偏偏连句话都不敢直说。"

　　"这……"欧洋一时语塞。蕾蕾转而说道：

　　"你和方瑶之间有些误会，她和董晨之间，也许并不像你想的那样呢？"

　　"嗯，或许是吧。"

　　欧洋点点头，拍拍胸口说："好！《三姐妹》上演的那一天，我一定找方瑶说清楚，我要给她一个大的惊喜。"

64

周末，建筑系里组织了一批京城企业的招聘宣讲会，很多同学都带了自己的简历参加。水木大学的学生从不用担心自己的就业问题，他们或者考研深造，或者出国留学，如果选择招聘上岗，也常常是十几个用工单位来争抢一个学生。

郝彬毫无例外选择继续在水木大学读研深造，孟一飞和欧洋都缺席了这次宣讲会，马驰的态度并不明朗，他想去德国深造哲学，又想去金融企业学投资。王小川是铁了心留在北京，他精心准备了简历，又找郝彬借了西装，借用欧洋的发胶，西装革履地走进了宣讲会。

谁知一进门去，王小川就被几个用人单位的人围在中间。王小川见状，赶忙递上自己的简历，不知是谁叫了一声："哇，小同学，你在《自然》杂志上发表过论文啊？"听闻此声，呼啦一下子又围上了好多人。

"来看看我们单位吧！"

"看看我们！"

众人七嘴八舌，拉拉扯扯，王小川被围在中间，一时无措。他本来个头就小，一旦被人拉住，完全挣脱不开，几个用工单位的人像拔河一样，各自拉住王小川的手臂、肩膀和腰背，互不相让，僵持了好一阵，只听得"兹啦"一声，他西装的袖子，竟硬生生被扯了下来。

挣扎了半天，王小川总算从宣讲会上逃回宿舍。郝彬不在宿舍，孟一飞和马驰看到他的狼狈样，噗嗤一声乐了出来。

"小川，你咋啦，被人家打劫啦？"孟一飞问到。

"哎，我从未想过，自己也能这么抢手。"王小川轻叹着，将西服袖子从口袋里掏出来，转而望向马驰和孟一飞说：

"班长是铁了心读研了，你俩咋也不去看看呢？"

"不对口啊，今天来的都是建筑设计院的单位，我想去做金融。"马驰说。

"孟哥你呢？"王小川问。

"我？我想去西北，支援西部建设！"

"不是吧？"王小川和马驰异口同声问。

"嗯，现在想法还不是很成熟，不过我不想一辈子都留在北京。外面的世界那么大，我想去走一走，长长见识。"孟一飞说。

"那也犯不上往西部去跑啊？"王小川说。

三人正争论着，却看到欧洋一步一瘸推门进来，脸上写满笑意。

"欧洋哥，你咋也不去参加宣讲会呢？"王小川说。

"我想好了，先不急着工作。"欧洋坐在自己的床上，大口喝了几口凉白开，补充说：

"我今天下午去见了新飞鸟唱片公司的陈总，他对我写的歌很满意，他说让我抓紧写完十首歌，然后就给我出专辑。"

"哇塞，咱们宿舍要出明星喽！"王小川兴奋地说。

"我先不急着找工作了，先把这张唱片做好再说。"欧洋说。

"欧洋，你可要想好了，别一时冲动，音乐这条路可不好走。"孟一飞说。

"我不想一毕业就进设计院，每天按时上下班，按时恋爱，按时结婚，按时生老病死，一辈子就这样循规蹈矩地走过来。"欧洋顿了顿，补充说："做音乐让我觉得很开心，很幸福，让我觉得人活着很带劲！"说着，他擦出一记清脆的响指，随手抄起吉他，猛扫了一阵琴弦。

65

    方瑶很快在七食堂恢复了话剧《三姐妹》的排练，每晚食堂关门后，演员和工作人员便从食堂后门进来，将食堂大厅的桌子堆到一角，排练 3 小时后，再将桌子恢复原位，赶着宿舍楼锁门的最后时间离开。虽然很辛苦，但毕竟重新拥有了排练和演出场地，方瑶心想如果一切顺利的话，应该能赶在这学期结束之前，将《三姐妹》作为一场送老生的汇报演出，在全校公演。

    蕾蕾对欧洋承诺在先，并没有将欧洋帮方瑶重新找到排练场地的事情告诉她，只是支支吾吾地说，孟一飞帮忙联系了七食堂，因为上次罢餐的事，食堂很爽快地答应了。这段日子以来，方瑶觉得欧洋始终在误会自己，逃避自己，她干脆将心思全用在话剧排练上，很少和欧洋联络。

    已是临近毕业设计的冲刺阶段，大家干脆把电脑搬回了宿舍，天气慢慢地热了起来，几台电脑一起放在宿舍里，像是给这个本就狭小的空间装上了暖气似的，让人热得更加透不过气来。欧洋索性从宿舍搬了出来，在水木大学北门几里地外的村子里，租住了一间民房。一来，这里房租很便宜，不会让自己有太多经济负担；二来，一个人在这里弹琴、写歌，既不会影响同学，也能安心地进行音乐创作。当然，为了在方瑶的话剧演出上制造惊喜，这段时间，欧洋也有意在回避方瑶。

屋子收拾停当后，欧洋便返回宿舍，将自己的东西打包起来，准备往出租屋里搬运。

孟一飞问他说："欧洋，你这是干什么，不准备毕业啦？"

欧洋说："是为了更好的创作啊。我想好了，如果抓紧一点，在毕业之前，一定能写出十首歌来，到时候我就能出自己的新专辑啦！"

欧洋说着，兴奋地用手指比出一个大 V 来。孟一飞一脸茫然望着欧洋说：

"不过，你要悠着点，毕业设计这事，可不是闹着玩的。"

欧洋粲然一笑："老孟，你放心吧。你有事吗？没事跟我一起去多买点卫生纸去！"

孟一飞一脸坏笑："哎呦喂，还要带几张黄盘吗？你们搞艺术创造的人，还真是有追求啊。"说罢夸张地哈哈大笑起来。

欧洋淡定地说："你想多了，跟我来，去了就知道。"

孟一飞跟着欧洋在学校的小超市里四处搜罗，前后一共买了 12 大包卫生纸。两人一路扛着纸包，在同学们疑惑的眼神中，匆匆地离开校园。

"想我堂堂孟一飞，玉树临风，人才一表，临了离开学校了吧，就栽在你这几包卫生纸上了！你是打算批发一些，到小村口开店吗？"孟一飞问。

"不是，用来隔音的。我买不起隔音板，就只能用卫生纸简单处理一下。"欧洋说着，打开了出租屋的房门。

孟一飞用肩膀倚住门板，双手抱着一大摞卫生纸走进屋里。由于纸包堆得太高，他没看到脚下的凳子，一步走过去，便被绊了一个大趔趄，纸包"哗啦"一下掉了满地。

"欧洋，你就住这破地儿啊！"孟一飞环顾四周，只见白坯墙上的涂料，已经纷纷剥落，红砖的一角从墙皮的开裂处显映出来，像一张白净的方脸上血丝狰狞的眼睛。窗户上的玻璃破掉了一块，用一张牛皮纸简单地糊在上面，风从粘合的缝隙处挤进来，哗哗直响，牛皮纸来回震颤，像犯了神经疾症的人在抽动着嘴唇。纤细的灰尘，从头顶的灯罩上缓缓泄下，在光的罅隙中乱舞，暗黄色的灯罩，皱巴巴地如皲裂的皮肤一般让人感到毫无生意。

"欧洋，这破地儿你也能待得住，我真是服了！"孟一飞说。

"等我出了新专辑，再换好地方嘛。"欧洋笑了笑，将一大包衣服放在房子中间：

"过来搭把手，把卫生纸竖着立起来，一卷一卷贴在墙上！"

两人折腾了好一阵，总算将所有的卫生纸贴在北墙上，欧洋说：

"这里北屋还住着人，用卫生纸做面吸音墙，不要打扰到别人。"

孟一飞一边擦汗一边坐到身旁的单人小木床上，那床忽然"吱呦吱呦"要垮塌了似的晃动起来，孟一飞笑道："这床的声音挺性感的哈，你睡在这儿，就不想你家方瑶吗？"

欧洋憨笑着，从一包衣服里掏出一件折叠齐整的 T 恤。孟一飞定睛一看，居然是写着方瑶呼机号码的那件白 T 恤，刚想怪他还不扔掉，却听欧洋一字一句地说道：

"想是想啊——不过看到这件体恤，心里就挺开的。"

欧洋说着，将手中的衣服挂在了墙壁上。T 恤上勾着方瑶的面庞——远远地，她朝他笑起来，一张明媚的月亮脸，瞬间让整个房间闪亮起来。

66

父亲打来电话时，正赶上欧洋第二次返回宿舍打包东西。

"欧洋啊，你工作的事情，我和你蒋叔叔已经商量得差不多了，这段时间你有空就到他家过去一趟，当面谢谢人家，你记一下地址……"欧洋父亲在电话的一头郑重地说。

"啊？爸爸，工作的事，您不能替我决定啊，我还有自己的打算啊。"欧洋插话。

"什么打算？你小子想干啥，留北京容易吗？你爸爸我这辈子从来不求人，为了你能留在北京找个好工作，我都这个岁数了第一次张嘴求人办事。别的事，我都可以不管，但是工作这件事，你得听我的！"欧洋父亲严厉地说。

"我没不听话啊，爸你听我解释……"

欧洋正欲解释，却听到父亲在电话那头，喵的一声挂断了电话。话筒里急促的忙音，像连着病房里某个抢救用的设备似的，"嘟——嘟——嘟"的让人浑身不安。欧洋失落地挂断电话，呆呆地坐在床上。父亲是家乡中学的数学老师，在欧洋的印象里，他一向是个不苟言笑的人，一辈子正人君子、独善其身，一辈子刚正不阿，万事不求人。想到年迈的父亲因为自己的工作问题，不得不去求人办事，欧洋的心中上下翻腾，很不是滋味。

"一定要抓紧时间，尽快把歌写好，尽快出唱片。"欧洋暗下决心。

一连熬了五个通宵，欧洋黑着眼圈，拖着疲惫的身体，终于交上了自己的毕业论文，超高的效率让王小川惊呼："丫这连续通宵的作战能力，简直堪称'联通超人'！"

当夜，欧洋返回自己的出租屋，迷迷糊糊地睡到天明，第二天一早爬起来便埋头创作。此前，他在自己的手写本上，曾记录过一些简单的歌曲片段，通过汇总和修正，很顺利地录完了最初的几首歌曲的小样。写得累了，欧洋便坐在木板床的一角或是靠在墙壁上休息一阵，他会给自己冲泡一大茶缸子的浓茶，苦涩的味道汹涌而至，沁入味蕾，让整个喉咙都颤栗起来，很快，他便从迷糊的意识中清醒过来，再次精神十足地投入到创作之中。

日子过得缓慢而煎熬，孤独扎根在时光深处，有时如海潮涌起，有时让人深陷泥淖。只有不时迸发的灵感才会让欧洋兴奋不已。他常会坚持忙到深夜，月亮有时像一枚投入蓝色液体的泡腾片似的，滑上澄澈的晴空，融化成银辉，漫天流撒。恍惚中，他总能在天幕里看到方瑶——他轻声哼唱，引她侧目；他撩拨琴弦，像手指触碰着她的发梢。她在他的歌声中扬起唇角，在四目相对的刹那，月华一倾而下，终于将他和她铸成一枚璀璨的琥珀。一个月后，欧洋的眼睛肿了，嗓子哑了，手指肚上的茧皮又生出厚厚的一层，而约定的十首歌，也终于写完了。

方瑶的话剧演出即将开始，一切看起来顺风顺水，在这个安静的早上，欧洋推开出租屋的房门，大把大把的新鲜空气，向他扑面而来，他像一头冲入春天的小兽似的，在村子的黄土地里发足狂奔，天阳越升越高，明晃晃地刺得人睁不开眼睛，仿佛让欧洋置身于舞台中央，千万盏镁光灯照耀着他，他看不清观众的表情，看不清方瑶的微笑，只觉得掌声、呼唤声和东南风拍打大地时的震颤声，从耳边呼啸而过，他竟越跑越快，像一张饱胀的帆，像一支射出的箭。

67

"欧洋，我真没看错你，这些歌写得很好啊！"新飞鸟唱片公司的陈良，听完欧洋的作品，扶了扶金丝框眼镜说。

"谢谢陈总！"欧洋开心地说，"您觉得好的话，咱们可以签……"

"在这么短的时间内，你能完成十首歌，说明真的很有才华啊！"

"谢谢陈总，不敢当啊。"

"怎么不敢当，作品的质量很不错，但还是有一些瑕疵。"

"啊？"欧洋心中一颤，却听到陈良一字一句地说："欧洋，下周一来签约吧，对于有才华的年轻人，我们新飞鸟一定会大力扶持的！"

"下周一？签约？真的吗？"

"嗯，签约！可别迟到哦。"陈良微笑着用食指顶了顶搭在鼻梁上的眼镜架，伸手拍拍欧洋的肩膀说："年轻人，我很看好你啊！"

欧洋忙起身道谢，走出大门，兴奋得顾不上坐电梯，直接从楼梯上跑了下来。黄昏时的风很大，裹着一抹沙尘，像卷砂纸似的擦过脸颊。欧洋跑上天桥，看到有个卖艺的盲人坐在马扎上，抿着嘴巴用二胡拉着一首轻快的《赛马》，欧洋驻足片刻，忙掏出身上所有的零钱，一股脑扔进盲人脚下的铁盘子里。钢镚在砸入盘子时发出叮铃咣当的声响，那盲人停下手中的胡琴，身体前倾，弯腰致谢。

"谢谢，谢谢啊！"

欧洋看到这盲人胡渣横逸的双唇之下，闪过两道白牙，露出一个被沙尘暴经年打磨却光滑剔透的微笑，心头一热，暗自想："这天地之间的众生，都有美好质朴的一面啊。"

不觉之中，他加快了脚下的步伐，此刻，他在心中无比盼方瑶话剧的公演，无比期盼着能够立刻见到方瑶。

当天夜里，欧洋回宿舍带了画笔和调色板，在话剧排练之后，偷偷跑进了七食堂。正在收拾道具的武雄健看到他，远远地招呼说：

"欧洋，你这段时间去了哪里啊？怎么人瘦了一大圈？"

"我……我在写歌。"

"真打算以后吃这碗饭了吗？"

"是的，我想专心搞音乐。"

"嘿，哥们儿，我佩服你！"

武雄健爽快地朝欧洋翘起大拇指，这让欧洋觉得十分意外。

"我虽然是学金融的，但毕业之后，想去做调音师。不过我没你那么大胆，我会先找份做金融的工作晃荡着，一边上班，一边玩调音吧。"

"你也加油！"欧洋接过武雄健手中的电线，绕成一盘，摆在桌子上。

"欧洋，你这么晚了，来排练场干什么？"

"我，我……"欧洋吞吞吐吐，转身露出背后的调色板和画笔，对武雄健说：

"我想画一块背板给方瑶，明晚就要汇演了，我要送她一个惊喜。"

"追方瑶的男生那么多，这一年下来，逃的逃，败的败，没想到你小子竟然一直这么有心。"武雄健说。

欧洋被他说得脸上一阵红热，憨憨地傻笑着。

"你忙你的。"武雄健拍拍欧洋的肩膀,说,"我去再擦一擦调音台,这人要离开学校了吧,竟然越来越舍不得这套老设备。"武雄健说着,抄起身旁的一块抹布,迈开细碎的步子朝后台的调音台走去。欧洋心想:认识武雄健这么久,今天晚上这几步,他走得最爷们了。

摊开画笔,欧洋将颜料调出了瑰红色,将已摆放好的背板上转过背面,慢慢地在上面写下两行大字:

我有两次生命,一次是出生,一次是遇见你。
我爱这个世界,因为我爱你。

武雄健擦完调音台便离开了食堂,欧洋写完大字,像完成了一项幽谧而伟大的仪式似的,伫立了良久。他想象着,当方瑶的话剧公演结束后,他将第一个冲上舞台,在众人的瞩目之下转动背板,郑重地联通两个人的世界。欧洋的唇角滑过淡淡笑意,他终于轻轻地转过背板,像关上一扇大门似的,将这个沉默的秘密锁在黑夜深处。

68

　　由于前一晚画背板到深夜，欧洋便留在宿舍过夜。第二天一早，欧洋被电话铃吵醒，系主任老王让他尽快去办公室。欧洋急忙穿好衣服，匆匆离开宿舍。屋外的天空昏暗而低沉，没有一丝的风，似乎在蓄谋着一场大雨。

　　欧洋推门走进王主任的办公室，发现教专业课的陈老师也坐在里面，心头忽然一颤。

　　"欧洋，你的毕业设计，老师们研究过了，我们觉得你做毕业设计的态度非常不端正，这样的论文是没法通过答辩的。"王老师正色说。

　　"我……"欧洋一时语塞。

　　"除了毕业设计，你的专业课成绩也很差，我看了点名簿，你缺席了太多次的课。"陈老师插话说。

　　"对不起，陈老师。"欧洋羞愧地低下头，再不敢看系主任和陈老师的眼睛。

　　系主任从座位上站起来，缓缓走到欧洋的面前，将手中的一张白纸递给欧洋。白纸抬头上"停发毕业证通知"几个大字看得欧洋心惊肉跳。

　　"这是系里老师集体研究的结果。"系主任王老师语重心长地说："欧洋，你大一入学的时候也算是尖子生，我们很遗憾看着你一步步走到今天。你可以选择在学校里留级一年，重修专业课，希望你和家里沟通一下，早作决定。"

"我……"欧洋木然地到办公室门口，缓缓地转过身，双颊红热地向身后的王主任和陈老师深鞠一躬说："我不想再留下来复读了，谢谢两位老师。对不起，真的对不起。"说罢，他夺门而出，低着头匆匆向校门外走出。——"不要让同学们看到我的样子，千万不要碰到方瑶。"欧洋这样想着，加快脚步跑了起来，可是双腿却毫无力气，迈不开步。

好容易逃回了自己的出租屋，欧洋跌跌撞撞地走进院子，却看见父亲蹲在他的房门口，深深地嘬着一支烟屁股，地上已经歪七扭八地躺着不少烟头，显然，父亲已经等了好一会儿了。欧洋下意识地摸了摸装着通知书的口袋，故作镇定地问：

"爸爸，您怎么找到这里来的？"

"我今天一早赶到北京的，你们宿舍同学说你接了电话刚出去，以为你到这里来了，就把我也领过来了。"

"哦，哦！那我们进屋说。"见父亲并没有责怪他私自租房子的事，欧洋忙招呼着父亲进门。

"不了，咱们出去吃饭去？"

"啊？去哪儿？"

"去见你蒋叔叔，我约好了中午请他吃饭，让人家当面看看你。"

"这……"欧洋被父亲的突袭完全地搞懵了，不知所措地站在原地。

按照父亲约定的地址，欧洋和他一起乘公交赶到市区的一家餐馆内——这餐馆档次不算高，却清扫得很整洁，显然是蒋叔叔预定的。父亲和蒋叔叔简单地寒暄了几句，便指着欧洋说：

"欧洋吧，脑子从小就好使，还喜欢画画，当年高考，是咱们市的理科状元嘞！"一向不爱夸赞自己的父亲，在蒋叔叔面前讲话时，竟然带着几分得意。

"这孩子生得真白净啊! 欧洋, 你有什么兴趣爱好, 专业课成绩怎么样?"蒋叔叔问。

"我喜欢弹琴, 嗯, 是弹吉他, 专业课……专业课不是很好。"欧洋吞吞吐吐地说着, 他看到父亲欣喜四溢的脸上, 笑容垮塌下来, 瞬间便阴云密布了。

"建筑专业可是水木大学的拳头专业, 你什么时候可以拿到毕业证, 尽快到我们院里来实习一下吧。"蒋叔叔说。

"我不想去设计院, 叔叔, 我还没准备好。"欧洋边说边想着尽快逃离这里, 他竟不由自主地站了起来, 怯生生望了父亲一眼: "爸, 我不想去设计院。"说罢, 便从座位上站了起来, 快步走出餐馆大门。

天空依然昏暗, 三五只燕子擦着地面从欧洋身边飞过, 他觉得胸口有些沉闷。他侧立着, 透过玻璃, 用眼角扫到父亲从上衣口袋里掏出一卷手绢包裹着的人民币, 推到蒋叔叔的手边, 脸上挂着热络而僵硬的笑意。一瞬间, 一股无法抑制的自责和屈辱感涌上心头, 童年、少年时期那些关于父亲的记忆, 在脑中轰然破裂, 碎片横飞。一种无名的委屈感迅速蔓延, 淤积在欧洋的胸口, 让他呼吸不了, 动弹不得。

"混账东西, 欧洋, 你在干什么?!"

不知什么时候, 父亲已经站在他的身边, 一只大手紧紧攥住欧洋的肩膀。欧洋并没有挣扎, 也不想做丝毫反抗, 他甚至希望父亲能在这个时候, 用力地扇自己几个耳光, 像挥舞着斧子一样劈开他密不透气的胸腔。

"混账, 你跟我坐回去!"父亲大怒道。

"爸, 我没拿到毕业证。"欧洋终于低下了头, 一字一句地说出口。

69

　　不记得那天中午怎样和父亲一起返回出租屋，父亲一路上沉默不言，顾自抽烟，在浓烟升腾之中，欧洋恍然瞟到父亲的眼睛——它们再没有往日的神采和威严。欧洋推开出租屋的房门，招呼父亲在椅子上坐定，忙提了铁壶准备出门打水。

　　"到底是为什么？"父亲低沉地问。

　　"爸爸，有家唱片公司想签约我，这段自己我一直在忙着练琴、写歌……"欧洋说。

　　"出唱片？你在做梦吧？"父亲反诘道。

　　"不是做梦，那是我的梦想。爸，我觉得我在弹琴上真的很有天赋。"欧洋说着，下意识地望向挂在墙上的吉他。

　　"弹琴，弹琴，我让你弹！"父亲说着，忽然怒气冲天地从椅子上跳起来，向欧洋的吉他冲过去。欧洋在心中大叫："不好！"纵身挡在父亲的前面，用一条臂膀紧紧箍住父亲，伸出另一只手快速摘下吉他，揽在自己的怀中。

　　父亲知道自己夺不下吉他，一巴掌掴在欧洋的脖颈上，将欧洋扇了一个趔趄。欧洋觉得脖颈后的皮肤像开裂了似的，火辣辣的疼痛向四周横溢。父亲看欧洋毫不躲闪，便随手抄起身边的扫帚，用扫帚把向欧洋手中的吉他砸去。欧洋立刻转身背对父亲，扫帚把儿"哐"的一声，重重砸在欧洋的肩膀上。

"爸，不要砸琴！"欧洋大叫。

怒不可遏的父亲向后撤下半步，再次挥起扫帚朝吉他砸去。欧洋在慌乱躲避中将自己绊倒在地，双臂却死死地抱紧吉他，两肘撑起身体，结结实实又挨了父亲一下。父亲见欧洋不再躲闪，更加生气地抡起了扫帚，扫帚把在空中划出一记凌厉的弧线，却在稳稳落下时，被父亲摔向了房间的一角。

"欧洋，你靠弹琴能养活自己吗？你要是有种，你就给我撑一年看看！我没有你这样的儿子！"父亲厉声大呵。说罢，他"哐"的一声摔门而出。门框在发生剧烈的撞击后，将玻璃甩出来，飞到地面上，摔出满地的玻璃碴子。

欧洋从地上挣扎着爬起来，忍着肩背上的剧痛，跳过地面上的玻璃碴子，拉开房门。忽然，他发现门把手上竟一片血红——原来刚刚双手攥得太紧，他的手掌竟然被琴弦割破了，殷红的鲜血在掌纹间流溢，汇聚流下。欧洋放下吉他，追出门外，朝离村口最近的公交车站走去，可惜父亲并没有出现在那里。欧洋的脑中一片空白，他在公交站牌下等了好一阵，最后，他决定立刻去新飞鸟唱片公司，提前找陈良签订合同，再赶回老家说服父亲。

70

　　跳下公交车，欧洋几乎是一口气跑向新飞鸟唱片公司。可眼前的一切让他完全看傻了，唱片公司门口吵吵嚷嚷地围着一群人，而大门上居然贴着封条，公司里空空荡荡的，一片狼藉。他到楼下的传达室打电话给陈良，不出所料收到一串忙音。欧洋怀着最后的希望，走上楼梯，挤进人群，向众人打听。

　　"您知道是怎么回事吗？"欧洋问。

　　"老板欠了不少钱，卷钱跑啦。"一个人答道。

　　"可是我昨天上午来的时候，还约了下周一来谈合同。"欧洋再问。

　　"欠你钱了吗？没欠算你幸运。别再这儿等着啦，已经有人报警啦！"

　　没有夕阳的黄昏，夜晚像一袭凌空滑落的黑袍子，瞬间便覆盖了人间。欧洋拖着灌了铅的双腿，了无生气地走向公司外的天桥。花生米大小的雨点终于割破云层，被晚风倏然一抖，"啪啪啪"的砸在欧洋的脸颊和身体上，一会儿工夫就让他全身水湿。天桥上已看不到那个卖艺的盲者，行人们神色匆匆，撑开雨伞或顶着背包，疾步穿过雨帘。也许人生就是这样，时间的方程式永远没有标准答案，有时你能猜中谜团，有时你却选择了灾难。

欧洋很快被水湿的裤管缠住双腿，眼前一片模糊，耳朵里"哗哗哗"的只有雨声，不知不觉中，竟走到了道路中间。车子在他身后拼命按着喇叭，一辆卡车擦身而过，副驾驶摇下车窗大骂道：

"哎，你丫找死啊！"

见欧洋丝毫不理睬他，司机和副驾驶竟恶狠狠跳下车，回身向欧洋跑过来。副驾驶猛推了欧洋一把，欧洋一个趔趄，摇晃了几下，依旧木然地走在道路中间。卡车司机骂骂咧咧地冲过来，一拳打在欧洋胸口上。

"神经病，滚远一点。"

欧洋应声倒地，一声不响地爬了起来，一手撑住胸口，先前割破的伤口，被大雨一冲，鲜血直流。副驾驶见状，连忙拦下司机说：

"流这么多血，也不吭一声，八成是个神经病！走啦，走啦！"二人跳上车子，长按着卡车喇叭，冲向远方。

欧洋浑身湿透，僵木地一步一步地走回学校，话剧《三姐妹》已经开始了在七食堂的公演。演出中，欧洋看到董晨双手捧着一大束玫瑰，由同学撑着伞，一起从后排挤进了食堂，一股巨大的失落感涌上心头。欧洋的呼机上显示了三个熟悉的号码——那应该是演出前，方瑶今晚最后的呼唤，可如今，这所有的一切都变得不再重要：停发毕业证、没有学位、没有工作、唱片公司人去楼空——一天的工夫，原本踌躇满志的欧洋却被生活切断了所有的去路，他觉得自己没有颜面，没有勇气甚至没有理由再出现在一向优秀出众的方瑶面前。遥远的舞台上，传来方瑶的道白声，而她身后背板的背面，还写着他对她的誓言。今夜之后，这些誓言，将成为他们之间永远的秘密，又或者，这些誓言根本就是个充满讽刺意味的笑话。

大雨贪婪地瓢泼而下，宛如一场没有终结的告白。食堂外，欧洋无声地伫立在雨中，像这场青春的告白里一个倔强的感叹号。

71

　　话剧《三姐妹》演出圆满成功，方瑶却在这个风雨飘摇的夜晚惆怅难眠。蕾蕾、孟一飞和武雄健都不止一次跟她讲起过：今晚欧洋会来，一定会来，一定会带着巨大的惊喜到来。整场演出，她的心都像是悬空的。可是什么都没有，欧洋整夜都没有出现，甚至连一个电话也没有回复。辗转床头的方瑶只觉得自己置身于一个漆黑的房间，没有丝毫的光，她不知所措地摸索着，正如无可奈何地等待一样，让她变得焦灼不堪。

　　第二天一早，方瑶便拨通了欧洋宿舍的电话。接电话的是孟一飞，过了好一会儿，方瑶才听到欧洋挣扎着爬起来，接过听筒。他声音低沉，气息微弱，似乎一半的灵魂还沉浸在睡梦之中。可即便是这样微弱的气息，穿过听筒，在耳膜震颤的片刻，也让方瑶觉得，有一种在幽谧的黑暗中摸到一扇门般的踏实。

　　方瑶并不知道，欧洋昨夜一直外面站到演出结束，一场彪悍的大雨，让此刻的欧洋发起了高烧，头疼欲裂。

　　"方瑶——"欧洋干哑的声音挤入话筒。

　　"欧洋！"方瑶像猛然抓住了什么似的大叫。

　　此前的无数个疑惑，无数个问题，就在电话接通的一瞬间，变得毫不重要。听到欧洋如此沙哑的声音，方瑶心中一颤，她竟不知道该如何开口。沉默了好一阵，方瑶轻声问道：

"欧洋，很快要离校了，你的工作签到哪里了，会留在北京吗？"

"我很好，谢谢你关心。"

"我听孟一飞说，你要出唱片了，我真为你高兴。"

"出什么唱片，他胡说的。我不想工作，什么也不想做。"

"欧洋，我知道你真心喜欢音乐，你有天赋，也勤奋，可是你应该找一份正式的工作先做起来，有兴趣可以继续做好音乐。"

"我不想听你说这些！"

"你应该……"

"我应该做什么，自己知道。"

"欧洋！"方瑶终于忍不住大叫起来。

"谢谢你关心，方瑶，再见！"

欧洋瞬间瘫坐在床上，这才发现宿舍所有的兄弟都已爬起来，瞠目结舌地看着他。方瑶顾自拿着听筒，站在电话旁，就在刚刚，欧洋猝不及防地挂断了她的电话，"哐当"一声巨大的震响，让方瑶深深地明白：那间漆黑无光的房间里，房门终于毫无期望地锁紧了。

72

一连几日，欧洋有意躲开大家，独自呆坐在校园的某个僻静的角落里。他不想留在宿舍，也不想接任何人的电话，连呼机也关了。他也不想像孟一飞、王小川那样，在校园里摆摊售卖旧书给新生，所有的旧书，欧洋都准备打包带走，就像所有关于方瑶、关于水木大学的记忆，他都将永远打包带走一样。还记得大一那年的春天，欧洋伫立在二校门外，眺望着三月明媚的春光下，草长莺飞的大草坪，那时候他觉得青春很长，长得一望无垠，长得像看不到头的大学生活，可转眼就迎来了同学们各自分飞的匆匆散场。他就这样静静地呆坐在校园一角，从朝霞初生，到夕阳西下，浑浑噩噩，一言不发。直到郝彬和孟一飞，终于找到他，拉他回去参加宿舍的散伙饭。

"来吧，兄弟们，为咱们最后的狂欢干一个！"

宿舍里，众人围坐在木桌旁，郝彬举起酒杯。木桌上摆满了各色烧烤、炒菜、瓜子和花生米，啤酒瓶子横七竖八地摊了一地。

"干！"众人举起酒杯，一饮而尽。

"我有个重要事情要宣布。"孟一飞说。

"哇塞！是不是蕾蕾在毕业前答应做你女朋友啊？"王小川抢着问。

"不，是我昨天签了支援青藏铁路建设的公司，毕业后我要去青藏高原上奋斗啦。"孟一飞摇摇头说。

"就你那小身板，你丫吃得消吗？"王小川说。

"我想好了，我之前太嫩了，只会耍耍嘴皮子，我想去西部好好锻炼一下，来，我跟大家干一杯！"孟一飞说着端起酒杯。

"你跟蕾蕾怎么样？"欧洋问。

"没有怎么样，她不喜欢我……不过，她喜不喜欢我没关系，反正我心里有她！欧洋，你和方瑶呢？"孟一飞问。

"几天前我还以为自己能顺利毕业，签约唱片公司，走上明星之路——现在什么都没有了，我没资格得到方瑶的爱。"欧洋说。

"哎！人生真他妈的是扯淡，上帝为你关上一扇门的时候，还不忘同时放出一条狗。"孟一飞叹道。

"刚上大学那会儿吧，以为女生喜欢帅的；后来发现他们喜欢有才华的；到了毕业才知道，原来女生们都喜欢坏的——可惜咱们哥们儿都不够坏！"王小川说。

众人发出一阵窸窸窣窣的笑声，郝彬说道："为了纯真的大学四年，咱们干一个！"

"干喽！"

大家纷纷举起酒杯，丁零咣当地直碰得酒花四溅。

"欧洋，你真的不打算再找工作了？"马驰问。

"嗯！不找工作了，我想再试试别的唱片公司，我喜欢音乐，这就是我要走的路。"欧洋说。

"欧洋，我敬你！"马驰举起酒杯说。

"算我一个，敬咱们一起操蛋的友谊！"孟一飞晃晃悠悠地站起来说。

"来，敬我们不靠谱的梦想吧！"欧洋说。

"敬我们全军覆没的爱情！"郝彬说。

"敬咱们不白活的青春！"王小川说。

众人纷纷举起酒杯，再次一饮而尽。

郝彬说："欧洋，你来带头唱首歌吧。"

"好！"

欧洋说着，握起手中的酒瓶，缓缓站到凳子上。他攥紧酒瓶，像高举着麦克风似的，大声唱道：

　　　　你是不是像我在太阳下低头

　　　　流着汗水默默辛苦地工作

　　　　你是不是像我就算受了冷漠

　　　　也不放弃自己想要的生活

　　　　你是不是像我整天忙着追求

　　　　追求一种意想不到的温柔

　　　　你是不是像我曾经茫然失措

　　　　一次一次徘徊在十字街头

众人抬头望向欧洋，只听得他的声音沙哑干涩却高亢无比，像是忧伤的悲鸣，像是撕裂的呼喊，像是一瞬间要掀开整个房间似的。他们竟情不自禁地跟着欧洋齐声高唱：

　　　　我知道我的未来不是梦

　　　　我认真地过每一分钟

我的未来不是梦

我的心跟着希望在动……

可只是齐唱了几句，所有人竟抱头痛哭起来。

73

由于全学年的排演工作已经结束，方瑶一大早被通知去戏剧社的清扫排练室。她赶到戏剧社的礼堂时，已经有很多同学在忙着扫地、擦玻璃、收拾道具了。方瑶挽起袖子，抄起就近的扫帚，和周围的同学们一起清扫起大厅。整个上午，她的心都是惴惴不安的。

"要不要去见欧洋？"

"该不该把那些误会都说清楚？"

"或者干脆应该找他大吵一架？"

方瑶反复地问自己，又反复将这些问题按在心底，她一路心不在焉地弯腰挥动着扫帚，缓慢挪动脚步，忽然，她看到舞台上依稀可见的走位线——那是欧洋和她一起排练话剧《雷雨》时亲手画下的——恍惚间方瑶仿佛回到了从前的排练场，欧洋仍坐在梯子上，专心地画着背板，偶尔与她四目相对，羞涩的目光一闪而过，或是憨憨笑起，露出两排齐整而闪亮的白牙。方瑶再也按捺不住自己狂跳的心脏，扔掉手中的扫帚，疾步跑出了小礼堂。

快到欧洋的宿舍楼下时，方瑶却意外在杨树林旁遇到了董晨。

"方瑶！"董晨远远地招呼她。

"董晨师兄，你今天也离校吗？"

"嗯，我要去美国读金融了，我可以写信给你吗？或者打电话？"

"不用了，董晨师兄，祝你学有所成。"

方瑶和董晨简单地寒暄了几句，便离开杨树林，直奔男生宿舍楼。大部分的学生已经离开了宿舍，楼道里堆满了旧书本、破衣服、啤酒瓶、果壳和废弃的桌椅，狼藉一片。方瑶心中暗悔：自己真应该早一点来向欧洋道别，不觉中她加快了脚步，小心绕过地上的垃圾，跌跌撞撞走向欧洋的宿舍。

宿舍的门没有锁——所有的人都已经离开了，窗户大开，半拉着的窗帘被风掀开，阳光从窗帘的一侧涌进来，泻在欧洋的床边，随着窗帘上下翻腾，墙壁上的阳光一阵明灭。方瑶急促地喘着气，走向欧洋的床边，慢慢坐下来。墙壁上积了一层薄薄的灰尘，方瑶清晰地看到了一个T恤衫留在墙上的印子。她恍然想起来，那是在元旦之夜，两个宿舍联欢时，她看到欧洋将写有她呼机号码的T恤挂在墙边，欧洋还在上面画出了她的模样——原来这件T恤竟是一直挂在这里。

"方瑶？"

"啊？"

听到呼唤，方瑶以为是自己的错觉，下意识转过身来，只见孟一飞挎着背包，站在宿舍的门口。

"你来找欧洋的吧，他一大早就走了。"

孟一飞说着，弯腰坐到自己的床铺上，取下墙上那张酒井法子的海报，卷在手中，憨憨地笑道：

"这是我的偶像，我要带她一起去青藏高原啦。"

"去那么远工作啊，你多保重啊！"

"嗯。"

孟一飞原想转身离开，见方瑶好奇地盯着墙上的小字，便挠挠脑袋说：

"这是欧洋大学四年的梦话集锦，你慢慢看，我要带着我的偶像去赶火车啦！"

"一路顺风啊！"

"再见喽！"

"再见！"

方瑶走过去，仔细地端详着墙上这一行行的小字：

> 别动我的口罩。
>
> 谁也别动我的口罩！
>
> 你是新来的下人吗？
>
> 我是来找我女儿的！
>
> 如果不能跟喜欢的人在一起，就算让我做玉皇大帝我也不会开心。
>
> 昨天晚上我托一只蜘蛛，叫它告诉你，我很想念你。
>
> ……

这些歪歪扭扭的小字，让方瑶凌乱的心渐渐平静下来。她和欧洋之间一幕幕的往事，不觉浮上心头，方瑶的嘴唇微微翘起，读到最后几句时，她终于按捺不住地笑出声来，而伴随着这笑声，忽然有股温热的液体从脸颊涌入唇角——那味道，竟是苦咸的。

窗外起了风，"噗噗噗"涌进宿舍，把整个窗帘都掀得老高，像一只巨大而招摇的手掌，在空荡荡的宿舍里，顾自向方瑶挥手作别。

74

    其实欧洋并没有在那天一早离开学校。

    虽然前一晚喝了不少酒，欧洋却在那天清晨很早地苏醒过来。他向大家简单地道了别，背起画板和最后的一点行李，匆匆离开了宿舍。

    在方瑶的宿舍楼下，欧洋徘徊了很久。最后，当女生们陆续结伴走出宿舍的时候，他却逃跑般离开了。他漫无目的地走在校园中，很怕遇到熟人，也不愿意和任何人谈起自己的毕业去向，不知不觉中，他走到了七食堂的门口。早饭的时间已过，食堂里三三两两坐着几个学生，欧洋迟疑了一阵，打开画板，坐在食堂前排一角，拿出铅笔挥动起来。

    食堂里的座位也早已恢复了原样，凭着印象，欧洋慢慢地勾勒出排练场的模样，在画上，道具台摆放齐整，方瑶就站在舞台中央，而背景板上，正是他写下的那两行大字。他和画中的她长久地眼神交汇，却又长久地相顾无言。虽然错过了方瑶的话剧演出，但这张画上的她却永远地扎根在欧洋的记忆里。或许青春本来就是一场华丽的话剧，每个人都有喧哗的大笑，无畏的狂言，放肆的眼泪，舞台永远闪亮，配乐永远激昂，可转眼间大幕泻下，时间的洪流汹涌，终冲去了来不及道别的匆匆散场。

    欧洋赶在午饭前离开了校园，走出北门，很远，他站在小山坡上下意识地向后张望。太阳已爬得老高，刺眼的阳光照耀在柏油路上，腾起一层薄薄的水雾，像一面镜子似的将水木大学映照在里面，煞是好看。学生们进进出出，蝼蚁一般悄然行走在梦幻般的倒影里，就在这沉静的一刻，欧洋暗下决心：不管怎样，都要先在北京扎下根来，即使再辛苦他也要在这条音乐之路走下去，他愿意用这种翘首远望的方式思念方瑶，那思念是静默的，更是喧嚣的。

75

　　欧洋决定带着自己的音乐作品，再去其他唱片公司试试运气，可是一连试了好几家，都被无情地拒绝了。他漫无目的地游走在北京城的秋色之中，天空蓝澈而高远，他的心情却低沉忧郁。因为怕家人担心，他每周末都会给老家打个电话，报一声平安，谎称自己在北京的一家娱乐公司里，找到了一份配唱的工作，收入还过得去。母亲在电话里不住地叮咛，让欧洋多注意身体，如果过得不如意，就尽早返回老家。这让欧洋的心中感到愈加酸楚，每次他都支支吾吾地说，一切都还不错，草草挂了电话。父亲始终没有原谅欧洋，自上次摔门而去，再没和他说过一句话。可欧洋知道，父亲的心情一定比他更难过，父亲有着中学教师的身份，在学校和家中一直保持着特有的威严，从小学到大学，成绩优异的欧洋一直是父亲口中的骄傲——而如今，这之前一切的都化为云烟，想到了父亲的失望与沮丧，欧洋的心像冬日漫山遍野燃烧的野草一般，升起一股强烈的焦灼感。

　　更糟糕的是，钱很快就不够用了。虽然欧洋一直省吃俭用，可没有经济来源的情况下，在学校留下的那点积蓄，眼看就要见底了。唯一让他感到欣慰的是，在水木大学北门外不远处的这个小村落里，租住着不少和他一样心怀文艺梦想的艺术家们。这些人多是画家和诗人，从圆明园公园一路迁徙过来，天气晴好的时候，画家和诗人们会一起聚集在水木大学北校门外不远处的小平房的门口晒着太阳，谈天说地，互相激励。日子虽然穷困潦倒，但心中澄澈的艺术梦想却始终是闪闪发亮的。

在这里，欧洋结识了一位叫老俞的诗人，他留着艺术家特有的大胡子，常在众人的围坐中朗诵自己的诗歌作品，文字情感丰沛，声音掷地铿锵，常常是一段朗诵之后，便换来众人啧啧的称赞声和长久不息的掌声。终于有一天，欧洋鼓起勇气给老俞看了自己的歌词本，老俞翻了几篇，忍不住点头称赞说：

"写得很有意境，但为什么每一首都这么苦情呢？"

欧洋一时语塞，红着脸颊，痴痴地笑起来。老俞继续打趣说：

"这也不奇怪，美国作家亨利·米勒说过，忘记一个女人最好的方法，就是把她变成文学。对于你们歌手来说，能写出美丽的歌曲给她，就是最好的忘却方式吧。"

欧洋心中一紧，暗想："离开方瑶的每一天，自己无时无刻不在思念着她，我愿意为她写出最美的歌曲来——那不是为了忘却，而是更好的珍藏。"

老俞翻完整本歌词，若有所思地沉默了片刻，末了，拍拍欧洋的肩膀说：

"以前有家演艺公司，找我给他们写过歌词，欧洋，我可以推荐你去试试，做你自己的音乐。"

"太好啦！"欧洋几乎是跳着站了起来。

76

"是老俞介绍你来的，那我就直说啦。"

欧洋坐在老俞推荐的这家演艺公司的会议室里时，心中忐忑不安，比起他先前去过的几家唱片公司，这家公司看起来规模更小，装修也更为简朴。"那我就直说啦！"——这真是一句具有中国式哲学意味的话，字数不多，既体现了说话者的关怀态度，又留下了无限的退路，仿佛这话一出口，便暗含着"我是为你着想的"以及"接下来，我要告诉你一个残酷的事实"的双重含义，温情满满又杀机重重。因此，当欧洋听到这句话的时候，心中着实一震："完了，这次眼看又没有希望了。"

"歌儿写得有点意思，但达不到出个人专辑的水准。"坐在欧洋对面的周经理，操着一口油滑的京片子说。

"噢！"欧洋诺诺地应了一句。

"你之前有过出专辑吗？"

"没有。"

"你有过固定数量的听众群体吗？"

"没有。"

"你有酒吧、咖啡馆舞台演出的经历吗？"

"也没有。"

周经理将欧洋带来的稿子整理好，重新递还给他，看着一脸木然的欧洋，慢条斯理地说：

　　"小伙子，你愿意去酒吧先做驻唱吗？"

　　"啊？"

　　"我可以帮你介绍一下。"

　　"好，我愿意试试！"

　　近乎陷入绝境的欧洋，抓紧了最后一根救命稻草似的，斩钉截铁地应道。

　　"既然这样，跟我到后面的合同部门去一下，把协议签了吧。"周经理点点头，补充说："你先锻炼一下，以后歌写好了，公司可以为你出专辑。"

　　欧洋随着周经理走出会议室，穿过逼仄的长廊，向合同部走去。他心中竟掠过小小的兴奋，没想到今天竟有这样意外的收获，有了这份酒吧驻唱的工作，起码可以让自己安心留在北京，继续创作。

　　欧洋走进合同部，发现里面坐着两个和自己年龄相仿的男生，一个长发飘飘，一个烫了大波浪的卷发，每个人的背后都背着一把吉他，英气逼人，眼中流转着满是期待的精光，像行走江湖的少侠。

　　"三人一台戏啊，齐活儿啦！"周经理的唇角上挂着一丝狡黠的微笑，继而说：

　　"听好喽，人家这酒吧新开业的哈，不许请假，不许迟到，你们三人，九十块一天。"

　　"驻场歌手挣得还真不少啊！"欧洋心中悠悠地想着，却看到长发男和大波浪已然接过手中合同，熟练地签下了自己的名字。欧洋将手中的合同摆正，定睛一看，上面清晰地写着：

"演出费三十块一天，不含餐费、车费。"

原来是三个人一晚九十块，欧洋心中不禁倒抽一口凉气，右手却像神经抽搐一般，飞速写下了自己的名字。

77

　　秋冬交际的北京气温骤变,前几日还是"秋老虎"发威,太阳像一只发怒的眼珠子似的,瞪得浑圆,定在中天。转天便是秋雨大作,畅快淋漓地下起来,温度计里的水银柱战战兢兢地猛缩了脖子,冬天仿佛在一夜之间拍马杀到。欧洋蜷缩在出租屋的小床上,半夜被冻得浑身抽搐着,此前在学校读书时,五个男生挤在一间狭小的宿舍里,暖气一来,每晚都在一片暖意中酣然入梦,可如今,在这逼仄透风的房间里,欧洋被初冬的寒气冻得浑身透凉。

　　酒吧驻场的工作并不像想象中那么顺利。起初,欧洋觉得这份工作虽然收入不高,但晚上驻场表演只要三四个小时,白天他可以自由地支配时间,专心音乐创作。演出不但能让他积累宝贵的舞台经验,还能让他保持弹奏频率,不断提升自己的琴技。可实际上,欧洋每天深夜两三点钟才能结束工作,离开极为嘈杂、喧嚣的酒吧,走入寒气逼人的北国冬夜,屋外一片静寂,耳朵里却是长久的轰鸣。闭上眼睛,大脑的神经狂乱跳窜,像雷雨交加的夜空里密布的闪电。此后,任凭欧洋怎样努力,整夜都辗转难眠,常常是天蒙蒙发亮时,才昏沉沉地睡下,一睁眼便又睡到了黄昏,不得不拖着疲惫的身子爬起来,在路边胡乱扒拉几口饭吃,然后跳上公交车,一路晃晃悠悠却也浑浑噩噩地赶到酒吧继续演出。

酒吧的规定很苛刻，多人合作演奏的场子，绝不允许迟到或者请假，今天来不了，就意味着没有了明天，有时候实在扛不住，乐手们便找自己圈里的好朋友来顶上几天，由于人员频繁的流动，为了合作顺畅，欧洋和"长发男""大波浪"这样的新晋乐手，不得不花大量的时间来扒吉他谱排练，一份看似简单的演出工作，竟占满了欧洋的生存空间，日子仿佛陷入一种暗无天日的咆哮之中，梦想远在远方，而向前迈进的每一个脚步，莫不是拔出旧泥淖，踩入新深潭。

　　欧洋暗下决心，不管多晚返回出租屋，都要坚持把当天的收获和琐碎的灵感记录下来，腾出时间来编曲。为了让自己尽快清醒下来，他不得不在大冬天用冰凉刺骨的冷水，一遍遍地反复洗脸。这样一来，每天的睡眠时间更少了，常常是第二天闹钟响了，人却爬不起来，又或者挣扎着穿上衣服，为了赶时间，不得不空着肚子跑向公交站。

　　欧洋未曾料到，挤公交却在这个时候成了一件人生美事。时值黄昏，下班的晚高峰，欧洋随着汹涌的人流挤上公交车，车厢里乘客摩肩接踵，挤得人透不过气来，车子缓缓启动，在华灯初上的北京城里走走停停。欧洋被挤得动弹不得，很快，他便昏昏沉沉潜入梦乡。在梦中，他一次次见到郝彬、孟一飞、马驰和王小川，他们仍肆无忌惮地开着玩笑，仿佛重归校园岁月；有时他梦到自己躺在家乡的麦秸垛里，脑袋枕上双手，瞪着了无褶皱的青天，呆呆地傻笑。

　　偶然的一次，他梦到了方瑶：那是在方瑶带他离开美术社，第一次赶去话剧社的路上，穿过教学楼里豆腐块儿般雪亮的回廊，明晃晃的日光和轻快的钢琴曲，让欧洋觉得如同置身时空隧道一般。方瑶走在前面，她转过身，朝欧洋微笑着，恍惚之中，方瑶伸出纤细而温软的手指，轻轻地拂过欧洋的脸颊，他觉得心中一阵暖意，竟毫无征兆地苏醒过来。

窗外已经黑透，遥远的夜星刺破天幕，道道寒光让这样的夜晚显得更加清冷。

78

一年半之后，欧洋辗转了几家夜场，终于创作出了几首满意的新歌，人已经消瘦了一大圈，但他对音色的辨识能力更强了，对多种乐器的音域范围也有了更加深入的了解。他带着自己的新作，踌躇满志地找到当初介绍他去酒吧驻唱的周经理。

这一次，周经理在自己的办公室里听完了欧洋录制的小样，终于笑眯眯地点了点头。他回身打开保险箱，从里面拿出一叠钱来，摊在欧洋面前。

"周经理，你这是要做什么？"欧洋问道。

"你写歌的水平进步了不少啊。"周经理赞叹着笑了笑，话锋一转说："我看你挺不容易的，不如把这些歌卖给我们公司吧。"

"你误会了，周经理，我没想卖过自己的歌儿，也绝不会出卖。"欧洋斩钉截铁地说。

"欧洋，你也甭较劲。现在唱片公司推新人很难，新人出专辑就是赔本买卖，所以我们不打算签新人……"

"我不会卖的！"欧洋继续摇着头。

"不卖也可以，你有钱咱们可以商量自费出专辑！"周经理阴阳怪气地反问了一句："你有钱吗？没钱，给你四千块买你这些歌，已经很不错啦。要不是看你们也不容易，我说得难听点，肯买，我就已经是在做慈善了。"

欧洋霍然站起来，双手撑紧方桌，高声说："谢谢，收回你这些施舍吧！"

"哼！"周经理冷冷地呼出一口气，抓起桌上的钱，重新扔进保险箱，瘫坐在椅子上，面如菜色。欧洋转身离开，大步流星走出办公室。回廊上，他远远地看到有个身材细巧的男人，朝自己走过来。

"欧洋，好巧啊，没想到会在这里见到你。"

"武雄健？"欧洋诧异地望着眼前这个精瘦的男生，问道："你怎么会在这里？"

"我在这家公司里负责调音设备，怎么，你还坚持在做音乐？"武雄健问。

"我……"

"做音乐"这个词在此刻充满了讽刺意味，欧洋心中翻出阵阵酸楚，却不知该如何说下去，他简单地和武雄健寒暄了几句，便匆匆告辞。

"欧洋——能坚持走到现在，真有你的！"身后地回廊里传来一声呼喊，欧洋心头一颤，好半天才回过神来，转身再看时，回廊上已空无一人。

欧洋一路心灰意冷地返回出租屋，在小木床上枯坐了好一阵，最后，他决定将这些年写过的所有歌曲，一起整理出来。他从床下拉出一个纸箱子，掸了掸上面的尘土，打开箱子，随手在里面翻找着自己的手写本，忽然，一本棕色布面白色花纹的书映入他的眼帘——《拜伦诗选》，正是方瑶从前借给他看的那本扉页上还留着方瑶娟秀的字迹：

"假若他日相逢，我将何以贺你，以眼泪，以沉默。"

一瞬间，欧洋感到眼眶红热，长久以来的委屈、压抑一股脑从心底涌上胸腔，直冲头顶，身体难以自制地颤抖起来，他极力克制着自己的情感——可是已经来不及了，温热的眼泪终于决堤般的涌出了眼眶。

　　欧洋发疯似的冲出房门，一路朝水木大学狂奔过去，可熬夜和严重不足的睡眠，让他的身体虚弱至极，跑出去几百米远，他便支撑不住，大口地喘着粗气。在学校北门外的瓦房边上，欧洋在墙角驻足，小心地张望着。过了很久，一个长发飘飘的牛仔裙女孩，让欧洋狂跳着的心脏升到了嗓子眼，他跌跌撞撞地走过去，轻轻碰触了一下女孩的肩膀。

　　"方瑶？"

　　女孩转过身，一脸诧异地望着欧洋——那只是一个和方瑶身形极像的女孩，欧洋呆呆地站在原地，心中掠过无以言说的失望。一个高个子的男生很快跑过来，站在女孩和欧洋中间，大声问道："怎么回事？"

　　"没事，可能认错人了吧。"女孩浅笑着，挽了男生的手臂，转身离开。

　　思念排山倒海地喧嚣袭来，却鸦雀无声地沉入死寂。欧洋长久地伫立着，看女孩和她的男友，慢慢消失在绯色的夕阳中。那个瞬间，他甚至有些庆幸，庆幸这个女孩不是方瑶，而转眼间他又莫名地失落起来：也许方瑶身边已然有了这样一位男朋友了吧。北校门外，人流熙攘，夕阳却把欧洋的样子孤独地抛在围墙之上，越拖越长。欧洋知道，真正的孤独，从不是无力面对一个人的空虚，而是心中明明盛满了爱，却只能长出一片荒芜。

79

　　从蕾蕾口中，方瑶得知欧洋并没有在毕业后选择就业，而是躲在一个偏僻的小村庄上埋头创作，她很希望能再次见到欧洋，和他促膝长谈，可是欧洋从此再没有出现过，他甚至交代过孟一飞，决不能把自己的住处透露给蕾蕾。方瑶知道，欧洋这些年一直在坚持写歌，在夜场驻唱，玩命攒钱也玩命生活。即便没有办法见到他，欧洋对音乐梦想的执着，还是深深地感染着她、激励着她。因为欧洋，她爱上了画画，因为欧洋，她也越画越好，因为欧洋，让她更加坚定地走在追求梦想的道路上。

　　三年后，孟一飞因为工作的关系重返北京，他约欧洋在一家咖啡馆里见面，并将一本画夹交到欧洋手中。

　　"这是？"

　　"这是方瑶转给你的。"

　　欧洋接过画夹，正欲打开，却听到孟一飞轻声说：

　　"方瑶走了，她去了法国。"

　　"去了法国？为什么？"

　　孟一飞顿了顿，吞吞吐吐地说：

　　"听说，听说……她是去学习戏剧表演。"

欧洋忽然把画夹按在桌子上，身体僵直地靠在座椅上，他沉默了良久，仿佛将所有的往事都压在心底后，终于长舒出一口气来，缓缓说道："真是个傻丫头。"

"你过得怎么样？"孟一飞问道。

"都还好，我接了一些下午场的演出，不用了再熬夜了，可以专心写歌，专心攒钱。你为什么现在跑回来？"欧洋反问道。

"在青海这三年没少吃苦，我想回北京创业，成立设计公司——我可不是做逃兵啊，这三年我积累了不少实用的设计经验，是该做点属于自己的事业了！"孟一飞说。

"不是逃兵，是因为爱情吗？"欧洋反问。

"你说我和蕾蕾？还是老样子，哎，不提啦。"孟一飞摇摇头，补充说道："唯一的好消息是她还留在北京，只要她在北京，我就还有机会。"

欧洋笑了笑，一拳打在孟一飞的肩膀上，说："我就是喜欢你身上这股死缠烂打的劲头！"

"你还不是一样？！"孟一飞说着，还了一记重拳。

80

　　欧洋擦着暮色赶回出租屋，远远地就看见有个人坐在自己的门口抽着烟，他越走越近，终于在火光明灭的刹那，看清楚那人竟然是自己的父亲。

　　"爸，爸，你怎么来了？"欧洋心中又惊又喜，正欲开锁，却发现房门轻轻一推便开了。

　　父亲缓步走进屋，在小床上坐定，沉默着将手中的香烟一点点地嘬完，一边咳嗽着，一边环顾着简陋而整洁的房间，说道："你房东给我开的门，比上次来干净多了，欧洋，你是长大了。"

　　"爸……"

　　欧洋将手中的画夹小心地放在床下，正迟疑着，却看到父亲起身折进厨房，端着两盘热气腾腾的肉菜，走了出来。

　　"里面还有瓶白酒，去拿出来。"父亲说道。

　　欧洋赶忙起身，走进厨房，看到一瓶父亲从家乡带来的白酒，赶忙拿了出来。

　　"爸，我给您满上。"

　　"你也一块儿喝吧。"

　　印象里，这是欧洋人生里第一次和父亲一起喝酒——想不到竟是在这样孤寂的异乡之夜。父亲的皮肤黝黑，眼窝深陷，额角已生出斑驳的白发，明显苍老了许多。欧洋很想和父亲说几句心里话，可他搜肠刮肚地想了许久，竟不知该如何开口。

"这个——你拿着，我跟你妈都老了，家里没什么能帮得上你的。"父亲说着，伸手从上衣口袋里摸出一个存折，缓缓递到欧洋面前。

"爸，我现在能挣钱。"欧洋赶忙伸出手臂推挡住父亲，心中一沉，慢慢说道："我有钱，你和妈不要担心我！"

"拿着吧，我们都老了，钱放在你这里，还能做些有用的事。"父亲不由分说地将存折放在桌子上，推到欧洋面前，顾自饮下一杯白酒。

"爸，我给你满上。"欧洋生怕父亲此刻看到自己的眼睛，抓起桌上的酒瓶，用小臂内侧擦过眼角，轻轻一抹，忙给父亲又斟满了一杯。

"哎，已经三年了，爸爸相信你能活得更好。我也想通了，你年轻，就不怕有试错的机会。从小到大你一直是我们的骄傲，我希望你以后也是。"

"嗯，谢谢爸！"欧洋坚定地点了点头。

那一晚，欧洋和父亲喝完了一整瓶白酒。父亲很早困下，睡在那个"吱吱呀呀"的小床上，欧洋躺在屋子一角的长条木椅上，月光落满木窗，夜风掀开法国梧桐肥绿的叶子，哗哗哗，像有人叨念着陈年旧事。父亲很快睡熟，偶尔打出几声带着水音儿的呼噜，像一尾大鱼吞吐着气泡似的沉入湖底，这些声响让欧洋觉得无比的踏实，酒意升腾，恍恍惚惚中，欧洋仿佛置身于家乡童年的祖屋，只觉得身体随着鼾声上下浮动。在这个并不平静的夜晚，在北京城晃晃悠悠的摇篮里，在月光满溢的襁褓里，他终于安然地熟睡了。

81

机场里人头攒动，不断有广播播报着航班的起落信息。欧洋背着方瑶的画夹，手中攥着那本《拜伦诗集》，不住地向四周张望。他疾步穿过人群，在安检门外的队伍里，他忽然停下脚步——三年没见过方瑶，欧洋却在那一瞬间，确定那个清秀背影一定就是她。

"方瑶——"欧洋高喊。

那个背影转过身来，洁白无瑕的脸颊上，眼波明澈——就是她，她竟还穿着和欧洋初见时的白色长裙，长发垂肩，娇艳的红蜻蜓发卡显得格外可人。欧洋快步冲过去，一把将方瑶揽在怀中，他能清晰地感觉到方瑶此刻狂乱的心跳、急促的喘息和红热发烫的脸颊。

"欧洋，我走了，你要好好地爱自己。"

欧洋沉默着，他只想紧紧地抱住方瑶，旁若无人，地老天荒，用尽全身力气地将她永远揽在怀中。倏然之间，方瑶猝不及防地从欧洋的手臂中滑了出来，像一枚从枝条上坠入水面的叶子，随着水流的飘摇，永远地消失在人群的远方。

"方瑶！"

欧洋大叫着，从睡梦中醒来。他清晰地记得，就在方瑶松手转身的刹那，她急促的喘息烫破了他的脸颊，细碎的疼痛迅速聚集在这里，欧洋伸手轻轻一碰，竟摸到一行温热的眼泪，只是眼前没有方瑶，也再没有拥抱。夜风轻抚着窗帘，窗外，天空已微微发亮。

欧洋迫不及待地从床下抽出方瑶的画板，打开第一页，那是一幅画得很像小猪的简笔画。画上的落款是方瑶的字迹：1996 年 7 月 7 日。我和欧洋在元旦的晚上打了一个赌，我决定从今天开始坚持画画，努力赢得这个赌局。

第二页，是一个画得七扭八歪的立方体。日期是：1996 年 9 月 1 日。

欧洋继续向后翻看，第 36 页，一幅很是像模像样的水粉画。 日期显示是：1997 年 6 月 22 日。

欧洋就这样一页一页翻看着，直到最后一页，是方瑶的一张自画像，线条简洁却很清晰。日期是：1998 年 6 月 29 日。画的下面写着一行小字：欧洋，还记得那年元旦夜我们打的赌吗？我终于能和你画出一样的画啦。我赢了，现在我要公布赌注了：

"为我写一首歌，如果能重逢，唱歌给我听。"

欧洋合上画夹，起身望向窗外，薄如蝉翼的朝霞，流沙般沁入到东方天空的鱼肚白里，欧洋坐在桌旁，拿出一叠稿纸，轻轻写下几行小字：

因为梦见你离开，我从睡梦中醒来。
看夜风吹过窗台，你能否感受我的爱。

他双手托腮，沉思了片刻，回忆像沙漏一样，从时光深处缓缓泻下，慢慢地，在脑海中越来越清晰。他清楚地记得：那一天，方瑶身着一袭百褶裙，在一片尖啸声中走上舞台，追光灯打在她清秀的面庞上，世界安静下来，只有她悦耳声音在屋子的四壁上弹跳，似乎依然回荡在欧洋的耳边：

"当你老了，头发花白，睡意昏沉……"

伴着方瑶的诵读声，欧洋缓缓写下：

多少人曾爱慕你年轻时的容颜

可是谁能承受岁月无情的变迁

多少人曾在你生命中来了又还

可知一生有你我都陪在你身边……

这些句子，欧洋写得极为顺畅，似乎在笔尖碰触白纸的刹那，思绪便轻快地流淌出来——这哪里是在写歌，分明是一场跨越时空的对话，从前和现在，文字和声音，欧洋与方瑶，在这个朝霞流溢的黎明，这样简单的字句，却将这段纯真的情感化为永恒。

欧洋写完，长长地舒了一口气。窗外，秋阳跳出云海，天光已然大亮。欧洋在白纸的最上端，清晰地写下了四个大字：一生有你。

82

"哇塞！好梦幻啊！"

我禁不住拍手欢呼起来："原来这就是《一生有你》的由来啊！"

不知何时，玻璃窗外的大暴雨已经停了，甲米机场的上空里传来一阵英语广播：

"乘客们，你们好！由甲米飞往北京的航班已经准备就绪，我们马上将为您办理登机手续。"

我和欧洋一起站起来，随着人流，在登机口外排起长队。

"那后来呢？这首歌是怎么流行起来的？"我问。

"也许老天是看我吃了太多的苦吧，这首歌一经发布，就得到了很多人的喜爱。"欧洋说。

"那当然！这背后有这么美丽的爱情故事，大家一定会喜欢啦。"我说。

"嗯，我那时候只要一弹琴，就对着方瑶留下的那些画，那些旋律似乎原本就在，从画里向我扑面而来。"欧洋望向甲米机场黝黑的夜色，慢慢地又开始了他的故事。

给《一生有你》谱完曲之后，拿着自己省吃俭用的积蓄和父亲留下的存折，欧洋径直跑到唱片公司，将一大堆钞票从书包里掏出来，堆在唱片公司的经理面前。

"不管怎么样，我要把这张专辑做出来！"

"欧洋，你小子可真够倔的啊。"经理接过欧洋递来的一叠稿纸，边看边点头赞许。

几年的磨练和积累，欧洋创作的歌曲已经具有相当不错的水准。后来，这张定名为《一生有你》的唱片制作和发行都异常顺畅。唱片正式上市的那一天，欧洋在北京的音像店里挨个转悠，心里又敞亮又幸福。他无意中走到了从前"新飞鸟"唱片公司的楼下，三年时间，这里并没有发生太大的变化，天桥上那个卖艺的盲人仍坐在马扎上，抿着嘴巴，用二胡拉出一首轻快的《赛马》。欧洋走过去，从牛仔裤的口袋里摸出几枚硬币，沉思了片刻，又从钱包里抽出一张大额的纸币，弯腰放在盲人面前的铁盒子里，最后，他将硬币轻轻地压在上面，才缓步离开。

"谢谢，谢谢啊。"

欧洋的身后传来盲人的连声呼唤，而《赛马》悦耳的曲调，依然飘扬在天桥之上——欧洋暗自感叹：这时光匆匆，真如白驹过隙，一去不返啊。不觉之中，他便加快了自己的脚步。

很快，荣誉终于如潮水般袭来，《一生有你》获得了巨大的成功。电视台的娱乐新闻里，播报着《一生有你》获得中国歌曲排行榜金曲奖、中国原创歌曲排行榜冠军的消息。电台里常常在滚动播放着那悠扬的主旋律；街头开始不断有人传唱着"多少人曾爱慕你年轻时的容颜，可是谁能承受岁月无情的变迁"的字句；水木大学里，欧洋追求梦想的故事，已在老师和同学中间口口相传，就连身在异国他乡的方瑶，也从蕾蕾口中得知了欧洋的好消息。

那天深夜，方瑶正和几个美国室友讨论新剧本的台词问题，忽然在msn上收到蕾蕾一连串的信息提示：

"方瑶，你在线吗？"

"我发你一个网页链接，你快打开看一下啊！"

"是什么？这么急？"

"是欧洋，正在全球华语音乐榜颁奖盛典上接受采访。"

方瑶连忙点开链接，经过一小会儿缓冲，播放器里的画面逐渐清晰起来：欧洋穿一身笔挺的西装，蓄着乌黑的长发，手捧奖杯，和主持人一起站在舞台中央，郑重地说道：

"曾经有人说过，我不可能成为一名优秀的歌手。我也一度怀疑过，沮丧过，直到有一天，我看到一个女孩留给我的一本画册，她用实际行动告诉我，只要坚持做，不管明天有多远，你一定能到达！"

欧洋说着，挥起了右拳，舞台下响起一阵掌声。主持人缓缓问道："欧洋，是什么给了你灵感，又是什么让你坚持下来？"

欧洋沉静了一下，一字一句地高声说道："去爱一个好姑娘，让她成为你的梦想！"

舞台之下响起了经久不息的掌声。

方瑶看得入神，不觉之间眼眶已经湿润了。一个金发女孩走过来，站在方瑶身后，轻声道："Who is this man？"

"A friend who always reminds of me."方瑶微笑着说。

"喂——好姑娘，好姑娘，你看到了吗？我看得都激动死啦！"蕾蕾在电脑那一端问道。

"我看到了，其实在我心里，他一直是我的榜样！"方瑶回复道。

83

回到北京的孟一飞一直没有放弃对蕾蕾的追求，却不像从前那般死缠烂打了。在青藏高原上做了三年的建筑设计，他的性格像他黝黑的肤色一样，沉稳了许多。

蕾蕾在一家外经贸公司上班，平时常常加班，周末又要赶着出差，几年一晃过去，两个人实质性的交往还不如在学校的时候多，要不是因为赶着水木大学百年校庆聚会的机会，恐怕蕾蕾很难想到主动给孟一飞打一个电话。

"喂——是孟总吗？"蕾蕾客气地问。

"叫孟总干啥，太见外了，不是都跟你说了好多次了吗？叫一飞就成。"

"嗯，一飞师兄，你有欧洋的联系方式吗？"

"啊？是方瑶回来了吗？她要见欧洋？"

"不是，咱们水木大学要做百年校庆活动了，负责外联的老师让我帮忙打听一下，能不能邀请欧洋回学校做一场演出？"

"这个难喽！欧洋现在的名气越来越大了，到处都在邀请他去演出，况且这几年他连续出了几张唱片，特别忙，我先问问看吧——对了，方瑶回来参加吗，她现在不是在做导演吗？"

"嗯，学校也邀请方瑶啦，让她在大礼堂指导一场文艺汇演。"

"那太好啦，蕾蕾，你有空吗，咱俩现在见个面呗？"聊了几句，孟一飞终于忍不住将自己的心里话说了出来。

"我，我很忙……"

"你在哪儿，我开车来接你，你拿我手机直接打给欧洋好吗？"

"这……"蕾蕾沉思了片刻，缓缓说道："还是我来找你吧，你在公司吗？地址发我就行。"

"好嘞，我马上发你！"

挂断电话，孟一飞迅速冲进卫生间，猛洗了几把脸，对着镜子左照右照，反复整理着自己的西装。好一阵后，他走出办公室外，对电脑前的秘书说：

"等下有贵客要来，你快下楼买点水果去，对了，看看附近的水果店里有没有沙棘果。"

一小时后，孟一飞才在公司最近的地铁口迎来了蕾蕾。蕾蕾还是从前那样高挑清瘦，一身职业装让她显得更加英姿飒爽，一看到孟一飞，蕾蕾便打趣说：

"你这去青海只晒了三年，在北京坐了这么多年的办公室了，人怎么还是乌漆麻黑的？"

"嗨，我哪里坐得下办公室啊，说是总经理，事事放不下，天天跑现场。"

走在前面的孟一飞一边说着，一边将蕾蕾引入自己的办公楼。蕾蕾十分诧异，公司的员工看到她纷纷起身致意，那眼神好奇怪，像是看着老朋友一般熟悉，充满了笑意。

"我说孟总，你是不是常带姑娘来公司啊，你的员工怎么个个都笑得不怀好意的样子？"

"哪有啊？蕾蕾，给你一张我的名片。"

"切，显摆！"

蕾蕾随手接过孟一飞从钱包里取出的名片，却看到他钱包的照片夹里，有一张自己从前打排球的照片。

"孟一飞，这是怎么回事？"蕾蕾大叫着，将钱包抢了过来。

"我，我以前照的，不是故意放的……"孟一飞摸摸头，脸颊涨得通红。

"你跟我解释清楚，这到底是怎么回事？"

"我，我……咱们办公室里说吧……"

蕾蕾面带愠色地随孟一飞走入办公室，孟一飞抢着去拿写字台上的水果盘——可是太晚了，蕾蕾已经看到他的桌子上摆着一张自己的大照片——排球场上的她，身着一身红色运动装，正高高跃起，击中排球。

"这，这……这张照片的寓意很好——你知道我们做生意的，最、最想要这种展翅高飞的感觉。"孟一飞一边说着，一边伸手抹去额上的汗水。

"哼！谁稀罕你的水果，你太过分啦——欧洋的电话呢？"蕾蕾厉声问道。

孟一飞小心地掏出自己的手机，解开屏锁，战战兢兢地递到蕾蕾手中。蕾蕾接过手机，定睛一看，只见自己的又一张照片，赫然出现在孟一飞手机的屏保上，顷刻大怒：

"孟一飞，你这个混蛋，谁允许你这样做的？"

孟一飞瞬时瘫倒在沙发上，深吸了一口气，吞吞吐吐地说：

"没，没啦，真没啦——这是最后一张……"

孟一飞拖着异样的强调将"一张"两个字说了出来，那声音微弱塞窄却曲折流长，像胡琴师傅在戏曲开场前的荒腔走板，又仿佛一个顽皮的小男孩，被家长发现了巨大秘密时的惊慌失措。不知怎么，蕾蕾竟被他这声滑稽的腔调逗乐了，她强忍着没有笑出声来，可在心底，已情不自禁地开出了一朵欢乐的花。

84

　　水木大学百年校庆的庆典活动，终于在一个月后如约而至。方瑶抛下自己影视公司的工作，提前赶到学校担任联欢晚会的导演。而欧洋却因为受邀去海外演出，最后一次在电话里婉拒了蕾蕾的邀请。

　　"真没劲，人家方瑶不也是千里迢迢赶过来的吗？"蕾蕾怒嗔。

　　"哎，欧洋现在不一样，做了明星，很多事情身不由己啊！"孟一飞感叹。

　　两人说着话步入了水木大学的校门，在彩旗招展的校园里四下张望着。

　　"我是替方瑶可惜——哎，她是朝思暮想着见欧洋一面啊。"蕾蕾说。

　　"你告诉欧洋方瑶会来吗？"孟一飞问。

　　"当然说啦——听说方瑶来做导演，欧洋先是愣了一下，最后还是支支吾吾地说，档期有冲突，真的来不了——哼！我看他心里根本就是不重视，要是想来，十万八千里他也能飞过来……"

　　蕾蕾正喋喋不休地说着，却看到孟一飞兴奋地跳起来挥舞着手臂，高声喊道：

　　"老大，老小，马驰——"

　　蕾蕾随孟一飞快步走上前去，孟一飞迫不及待地一一抱过众人。西装革履的王小川朝蕾蕾狡黠一笑，说道：

"蕾蕾姐，你好，还记得我吗？你看我现在的这身西装合身吧？"

众人哈哈大笑，王小川上前一步，正准备熊抱蕾蕾，却被孟一飞一把拉住。

"嗨嗨嗨，你打住！"

王小川这才注意孟一飞和蕾蕾的手指上戴着同样款式的钻戒，眼珠骨碌一转，大喊道：

"哎呦喂，叫姐姐不合适了吧——孟哥，给咱们介绍介绍呗？"

蕾蕾霎时面色绯红，孟一飞憨憨地笑了笑，闪出一口粲然白牙，说道：

"嗯，嗯！这是我媳妇，你嫂子，张蕾。"

"嫂子好！"王小川和马驰异口同声地喊道。

"行啊！一飞，这么些年，你小子终于得逞啦，跟咱们兄弟说说呗，你用了什么高招，赢得了咱们美女的芳心啊？"

"我……我……"孟一飞顿了顿，伸出双手比划出碗口大小，说，"哥们儿拼啦，用这么老大的茶缸子猛灌白酒，终于感动了我家蕾蕾……"

"甭听他胡吹，就他那点小酒量。"蕾蕾笑道。

"那是，那是！"孟一飞捣蒜杵似的点头附和，转而说道，"蕾蕾，我给你正式介绍一下我们兄弟几个：这位是大哥郝彬——从前他是倍受同学爱戴的班长，现在是咱们水木大学女孩们深深仰慕的建筑系专家——不过，班长早就建立了幸福的家庭，现在女儿都可以打酱油了。"

"班长好。"蕾蕾伸手问候道。

郝彬点头微笑，握住蕾蕾的手说道："我代表水木大学，欢迎校友回家。"

"这位是马驰，天使投资人——以前读书的时候，我们总笑话他操心以后挣了一个亿该怎么花，没想到现在人家天天操心手上有十几个亿该怎么花。"孟一飞说。

"嫂子好。读书那会儿，我净跟孟哥支招，讲追求女孩的哲学，到今天他总算领悟啦。"马驰笑道。

"领悟啥，他就是脸皮厚！"蕾蕾说道。

"这位是王小川，我们宿舍的老小，从前老黏着你叫姐姐的——他现在是搜熊公司的 CEO，去年交往了个模特，据说是为了改善基因哈。"孟一飞笑道。

"我妈一米七五，我爸一米八五啊——我的基因从来就没有问题，嫂子你甭听他的。"王小川忙争辩道。

"当年欧洋第一张专辑上市的时候，兄弟们都在猛买——咱们小川 CEO 一口气就买了 5000 张，全公司的员工，人手必备——哎，可惜今天就差了欧洋没来。"孟一飞禁不住叹了一口气。

众人正说笑着，却看到方瑶和董晨一起远远走过来。

"方瑶——"蕾蕾一边招手，一边高声呼唤道。

"不是吧？"马驰一脸惊诧地大叫道："他们俩啥时候在一起啦？"

85

方瑶身着一袭珍珠白的短款职业装，长发齐整地拢在身后，熠熠生辉的金丝眼镜框下，仍是一双顾盼神飞的眼睛。

"方导好，方导好。"众人轻声问好。

"大家好。"方瑶微笑着一一向众人点头示意。

"我来向大家介绍一下吧。"蕾蕾随董晨走到众人面前，缓缓说道："董晨师兄，当年咱们的校社团联合会的团长，现在是华尔街的金融精英，专程从美国赶回来参加校庆的。"

"大家好啊！这么多年过去了，一点都没变。"董晨笑道。

"董晨团长，你成家了吗？你是专程来看方瑶指导的晚会的吧。"王小川问。

"成家了，董晨师兄娶了一个美国女孩，现在有了一对双胞胎儿子，老帅老帅啦！"蕾蕾说道。

马驰和王小川迅速交换了一个得意的眼神，正欲开口，却看到郝彬伸手握住董晨的手说："董晨，欢迎回母校，也随时欢迎你回来建设祖国。"

众人又忙着和董晨一阵寒暄，孟一飞轻叹一声说："哎，要是欧洋在就好啦。"

听到欧洋的名字，方瑶心中一颤，旋即抬起手腕，看着表盘上的时间说："好紧张啊——马上就到我汇报演出啦，咱们一起去礼堂吧。"

方瑶领着众人走入礼堂，安排他们在前排的座位上坐定，自己匆匆走入后台。

"方导好。"

"方导，您好。"

一路上，不断有工作人员和方瑶在打招呼，方瑶点头应和着，沿台阶缓步走上音控室。熟悉的礼堂，熟悉的道路，很多年之前，她和欧洋第一次同台演出的场景，似乎还历历在目。

"方导，演职人员都已经就位了，您看……"

"再等等。"

方瑶不假思索地轻声回答道。然后，她明显地愣了一下，下意识地看了看手表，一字一句地说道：

"嗯——还是不等了，各单位注意，马上开始。"

大幕拉开，音乐响起，耀眼的灯光瞬间在舞台上绽放，亮得方瑶睁不开眼睛，不由地想起很多年之前，她和欧洋第一次一起登台时的场景：恍惚中，欧洋仍站在舞台中央，台下安静极了，欧洋沐浴在追光灯的银辉之中，如天使般朝方瑶侧目微笑。方瑶也笑了——可就在这情不自禁的微笑中，欧洋倏然消失了，舞台上恢复了喧闹：华丽的歌舞、变幻的灯光，如烟花般绚烂夺目，却也让方瑶陷入深深的失落。

整场晚会都进行得很顺利，已经临近尾声，演员们身着"水木大学百年校庆"字样的白色 T 恤，列队走上舞台——这是学校会务组特别安排一个合唱节目。演员们全由水木大学老年合唱队组成。

晚会终于要结束了，方瑶长舒了一口气，她沿着台阶走下舞台，在礼堂背光的一角缓缓踱步，不知怎么的，整晚都忐忑的心，忽然生出一种寒意，仿佛在幽暗中赤脚踩入一条冰凉的小河。

音乐响起，老年合唱队的校友们齐声唱道：

> 因为梦见你离开，
> 我从哭泣中醒来。
> 看夜风吹动窗台，
> 你能否感受我的爱……

"呦——合唱的是欧洋的《一生有你》啊！"

靠在椅背上的王小川，挺直身体轻声惊呼起来。伴随着音乐声，所有的同学不约而同地开始了轻声哼唱。乐声中，一位白发苍苍的老校友，颤巍巍地走出队列，走到麦克风旁，轻声唱道：

> 等到老去那一天
> 你是否还在我身边
> 看那些誓言谎言
> 随往事慢慢飘散……

"是欧洋的声音！哇塞，怎么会是欧洋的声音？"一脸惊喜的王小川和马驰张大嘴巴，情不自禁地抱在了一起。

"是欧洋？"

"是欧洋的声音吗？"

台下的青年学生们连连惊呼起来。而舞台中央的老者依然双目低垂，深情唱道：

多少人曾爱慕你年轻时的容颜

可知谁愿承受岁月无情的变迁

多少人曾在你生命中来了又还

可知一生有你我都陪在你身边……

间奏的音乐声渐渐变小，众人正在诧异，却看到老者用低沉的声音缓缓说：

"同学们好。我年轻的时候，在这个舞台上曾经喜欢过一个女孩，可当时没有勇气向她说出来。一直到满头白发的时候，才明白她是我这一生最重要的人。如果我能再次遇到她，我一定会跟她讲：'我有两次生命，一次是出生，一次是遇见你。我爱这个世界，因为我爱你。'"

"哇噢！"台下传出一阵阵惊呼声和拍手声。

蕾蕾十指相扣，眼眶红热地盯着舞台上的老者，孟一飞掏出一张雪白的纸巾，递了上去。

音乐声再次升起，老校友一边歌唱着，一边轻轻将下白色的双眉和面颊上的髭须——一张清秀的面庞瞬间映入众人的眼帘。

"是欧洋，是欧洋！"台下有人大声呼叫起来。

"浪漫，太他妈的浪漫了。"孟一飞一边说着，一边掏出纸巾，反复涂抹着自己的眼角。

站在舞台中央的欧洋，唱到高潮处，忽然卷起自己上身的白色体恤，连同头顶的发套一股脑脱了下来，露出一件沾满颜料的旧 T 恤，整个礼堂终于沸腾了。

"欧洋！欧洋！欧洋！"

"他还留着——是当年那件写着我呼机号码的旧 T 恤。"

方瑶不觉心中一颤，在这响彻云霄的呼喊声中，她久久注视着欧洋，就在四目相对那一刹那间，温热的眼泪终于夺眶而出。

86

　　"哇，真是太棒啦！"

　　我几乎是拍着手跳了起来，随着甲米机场的人流，和欧洋一起登上了飞往北京的航班。

　　"嗨，欧洋，怎么会想到要把自己扮成一个老头呢？是不是想要逼自己一下——再不表白就老啦？"我问。

　　"我和方瑶同台演出的时候，我演老年的鲁贵，也是戴着那样的发套。当时我就想，如果有一天我老了，还要这样看着她，这一生有她在身边，该有多好。"欧洋说道。

　　"好浪漫啊——将来，我把这个故事写出来好吗？"我问。

　　"好。"欧洋点点头说。

　　"那么，快把结局告诉我吧。"欧洋已经在他的座位上坐定，我迫不及待地催促道。

　　"结局？——也许能重逢就是人生最大的美好吧。"欧洋点点头，慢慢背出拜伦的诗句：

　　"假若他日相逢，我将何以贺你，以眼泪，以沉默。"

　　航班即将起飞，空中小姐已经在催促我坐回到自己的座位上。

"那最后……"我一边缓步走向机身后舱，一边恋恋不舍地回头张望，座位上的欧洋掏出手机，打开微信，轻声说道："不用来接我，在家好好画画吧，我很快就到北京。"

闪耀的航灯已将奥兰海滩上空照亮，雨后的夜空纯澈而高远，而我的心也愈加透亮起来。

我的女朋友阿沉在我关机前打来电话询问，我说：

"马上就起飞啦，回家后我要给你一个故事，是关于一首歌的——更是关于爱和梦想的。"

飞机呼啸着冲上天空。我望向窗外，东方已微微发亮。朝霞如藤蔓般生长在云天深处，顷刻间灿若烟花。

午歌，2016 年 4 月 21 日

好歌不仅属于歌者，更属于听者

也许，每个人的生命里至少都有一首特别的歌，旋律和歌词里细细记录了某段时光的天气、气味，和对面那人的容颜。某天不经意再听到，一切就又扑面而来。

网易云音乐《一生有你》单曲的评论页面，截止本书付印前，已有一万五千多条评论。一万多位朋友，囊括了 70 后、80 后、90 后、00 后等四个时代，抒写了爱情、亲情、友情、师生情等各种情感。而每次听歌时，慢慢翻看这些评论，总是让人心底生起无穷惆怅、百般情肠。

一首歌，不仅属于歌者，更属于那些被它陪伴了、与它互相理解了的听者。

因此，在此书付梓之时，编者特意联系了一部分高赞评论的作者，请求他们授权在本书最后刊登这些评论。私信发出之时，编者内心忐忑，而当 23 个"同意"来到信箱时，更不由内心激荡，对回复者无限感激。

下面，就让我们来一起分享这些也许在你我的青春中都发生过的故事。

（苏辛）

以前初三中午去饭堂吃完饭学校广播都会放这首歌，那时候因为同行中有喜欢的男孩子，竟觉得这歌是如此的美好，好像就是为我而放的，还想一起听一生有你。

——叫我溜溜君

我想和你一直走下去，走过清晨被扫把扫过后留下了竹腥味的马路，走过被太阳晒得有些发烫的柏油路，走过黄昏的车水马龙，走过夜里的霓虹交错，走过人声鼎沸的步行街，走过下雨之后泥泞的坑坑洼洼的小巷。只要是你，都好。

——她像揽不住的风

高中的化学老师，长得很帅很可爱的男老师，平时幽默又高冷，元旦的时候，害羞地唱了这首歌，唱到一半还忘了词……后来老师中风，消息很突然，我们才知道老师家里很不容易，我们每个人都录了鼓励的视频。后来老师康复，从低年级又重新做起老师。从此听到这首歌就会想起那个我们都爱的老师，祝老师幸福。

——shmily-neymar

　　多年前某一天，坐在课堂上发呆的你，老师的声音越飘越远，那时候的你觉得 2008 年的奥运遥远得不可想象，也不知道自己 2016 年身在何方，窗外的树上，一群麻雀叽喳着飞过，粉笔砸中你的头。老师让你站着听课，同学们在窃窃私语，窗外的树叶滑落，没有人注意到时间它那么仓促，再次想起是否想重新来过。

——像少年啦飞翔

　　音乐老师教我们唱这首歌时跟我们说，她上大学的时候有一个男生每天都在校园广播给她点这首歌，那个男生现在是她孩子的爸爸。

——非凡的肥鱼

　　高中时迟到必须罚唱一首歌，为了唱这首歌给那个女孩听，我故意迟到过。

——AleX-FreeSky

　　做了两年同桌，高考前几天才意识到要分开了，忽然间发现我已喜欢上她，那种深深的喜欢，才明白我不能离开她。我忍住了，没有在最不适合或许是最适合的时间表白。大一异地，我在电话里把这件事告诉了她，也算是表白吧。没有想象中那么悲壮，有的只是一份淡淡的拒绝。如今已经七年了，喜欢了一秒，爱了七年。

——东明谷

那天把歌词写在纸上送给她，她一直很喜欢听这首歌，如今经了多少个青秋，晚上一起去吃火锅，我在给她烤肉，她在看着我，突然店里放起了这首歌，我们彼此都低声哼唱了起来，庆幸，时光没让我们成为陌生人……

——佐佐木夜歌

那个时候暗恋着一个女生，可爱的短发甜蜜的笑容。现在想想孩她爹了，听到这首歌还会傻笑，傻孩子你终究是忘不了那个青春的背影那个豆蔻的擦肩而过。

——小号鲨鱼

这首歌勾起了我好多回忆，记得，数年前，我还那么小，夜晚时，一个人借着院里微弱的灯光，拿着诺基亚，反复放着这首歌，笔下写着或许有很多错误的歌词，那时候，还不认得太多字，只会用拼音代替，如今，会了，诺基亚却被淘汰了，这首歌也被很多人淡忘了，可成长后的我，依然爱着：华语老歌，好久不见。

——OurRules

曾经我喜欢的学姐，不，是沉迷！她不高，小脸圆圆鼻子高高啊！知道她爱看篮球和打篮球的。为了能多见她一面我甚至鼓起勇气报校队。我从板凳到主力控位了！永远记得那一天我们校队联赛，我投中了绝杀球跑去紧握你的手！当时你吓懵了好可爱！钟晓艳学姐！现在也仅仅知道你是体育记者了。

——会飞的蚂蚁小哥

很久以前，那时候我们还在上高中，还用着老式的诺基亚，隔壁班的男孩子发了短信，是这首歌的歌词，现在想来，还是温暖和美好。

——叁横壹树

这首歌可以撩汉噢~和男票散步，听到这首歌，我哼了两句，问他是什么歌，他说：一生有你，我说会有的，他笑着说我猴精，然后有了一个大大的拥抱。

——赵小果壳

我初二的时候，楼下住了一个没怎么见过面的男孩子。他总是铛铛铛地敲暖气片，有一天我也敲了回去，结果他又敲了过来。然后我们贴着暖气片传起了话，在所有人都睡了的夜晚靠着暖气片你一句我一句。窗外月色那样干净，夏日的晚风那样柔软，他给我放了这首歌。听到这首歌回忆起这件事，忽觉天真烂漫。

——第 44 次日落

在云音乐的评论里最感动的，不是只惊觉自己默默地长大了。而是发现一群和我同时代成长起来听友们，我们读过不同的书、爱过不同的人、走过不同的路，却在听同一首的时候产生了想通的共鸣，噢…原来你们也在这里。

——纯银耳坠 CYY

高三元旦晚会和我一同唱一生有你的兄弟，在大二走了，连葬礼都没来得及赶过去。每每听起都是感动和感伤，下辈子一生有你。

——往事尘封⌒渺如烟

高中在一起，大学四年异地恋，为她唱过无数遍这首歌，跨越了大半个中国，坚守了五年的爱情在婚姻的大门口烟消云散，可惜，不甘，但不后悔。有些事，有些人，倾一生时光都无法原谅。

——守护信仰

有年元旦晚会我班一个男生唱的这首歌，第一句唱出来之后全场都沸腾了，也太他妈好听了吧？！结果，发现，是原唱没关。

——柴珂胡斯基

昨天坐公交车回家的路上，看到前排的一个女孩扎着马尾，穿着白衬衫，牛仔裤，白色帆布鞋，年轻，干净，整洁，符合一切美好的词汇。突然意识到自己的年纪已经不可能再喜欢这样十几岁的女孩子了，看着她甚至出了神，恍惚间从她的身上看到你的脸，像极了当年的你，太匆匆……

——曲终未必人散—

妈妈不在的时候弟弟才 11 岁，我 16 岁。妈妈不在已经五年了，两年前弟弟跟我说他很喜欢这首歌，我不知道他是不是又梦到妈妈了，他给我唱了这首歌，我趴在床上，眼泪止不住地流。我一定要对我弟弟特别特别好。

——余天琪

高中数学老师的媳妇打他电话时候他的铃声。平时上课有人打他电话他都不会接，这首歌响的时候他就会说不好意思然后出去接电话，久而久之我们听到都会起哄说师母来了快去接吧。觉得师母特别幸福。现在想起来好怀念高中的日子。

——Babersama

这首歌是初三同桌教我唱的，到毕业那天才知道她喜欢我。多年之后想到她见到她发现她才是最美的。真的很遗憾……人生，有很多事情的发生是无法预测的。

——TuoLong

你还记得我们一起坐公交车吗？车上除了司机只有我们两个人，快到终点站时司机播放这首歌。我在想司机是不是故意的？如今各奔天涯，曾经你说，只要你一个电话，我就会飞奔而来，如今你生活美满，我只能呵呵了。别赞，他看不到。

——账号已注销

图书在版编目（CIP）数据

一生有你 / 午歌著 . — 南昌 : 百花洲文艺出版社 , 2016.10
ISBN 978-7-5500-1911-9

Ⅰ . ①一… Ⅱ . ①午… Ⅲ . ①长篇小说－中国－当代
Ⅳ . ① I247.5

中国版本图书馆 CIP 数据核字（2016）第 223412 号

一生有你

午歌　著

出 版 人：姚雪雪　　　　　　　　出 品 人：柯利明　林苑中
策划监制：苏 辛　　　　　　　　责任编辑：游灵通　程 玥
统筹监制：夏 莱　　　　　　　　营销推广：曹木青　梁 迪
营销统筹：蕊 蕊　　　　　　　　封面设计：仙 境
责任印制：张军伟

出 版 者　百花洲文艺出版社
社　　址　江西省南昌市红谷滩世贸路 898 号博能中心一期 A 座 20 楼　　邮编：330038
电　　话　0791—86895108（发行热线）　　0791—86894790（编辑热线）
网　　址　http://www.bhzwy.com
经　　销　全国新华书店
印　　刷　北京旭丰源印刷技术有限公司
开　　本　1/32　880×1230
印　　张　8.5　　　　　　　　　　　　字　　数　140 千字
版　　次　2016 年 12 月第 1 版　　　　印　　次　2016 年 12 月第 1 次印刷
书　　号　ISBN 978-7-5500-1911-9
定　　价　39.80 元